AF281347

Impressum

© 2024 Viki Six.
Titel: Das Gemälde der verbotenen Liebe
Untertitel: Die Wahrheit einer geheimen Leidenschaft
Autorin: Viki Six
Coverbild: Lenora Sternbach

Verlag: BoD · Books on Demand GmbH,
In de Tarpen 42, 22848 Norderstedt
Druck: Libri Plureos GmbH,
Friedensallee 273, 22763 Hamburg
ISBN: 978-3-7597-8720-0

Das Gemälde der verbotenen Liebe

Die Wahrheit einer geheimen Leidenschaft

Roman

von

Viki Six

Als die Fotografin Aurelia Sternberg in einem Brief ihres verstorbenen Onkels Hinweise auf ein verschollenes Gemälde entdeckt, ahnt sie nicht, dass sie damit den Schlüssel zu einem wohlgehüteten Geheimnis in den Händen hält. Zusammen mit dem charismatischen Galeristen Leonard Falkenstein begibt sie sich auf die Spur des Gemäldes *Frau am Teich*, das nicht nur für seine meisterhafte Kunst, sondern auch für eine verbotene Liebesgeschichte zwischen dem Künstler und einer Dame aus bester Gesellschaft bekannt ist.

Ihre Suche führt Aurelia tief in die verborgene Welt der Kunstszene, in verfallene Herrenhäuser und zu mysteriösen Hinweisen, die die wahre Geschichte hinter dem Gemälde ans Licht bringen. Während sie sich dem Geheimnis immer weiter nähert, kämpft Aurelia auch mit ihren eigenen Gefühlen. Die wachsende Nähe zu Leonard lässt immer wieder Zweifel aufbrechen. Was wird Aurelia finden: Die Wahrheit über das Gemälde oder über sich selbst?

Eine fesselnde Geschichte über Liebe, Kunst und die Suche nach der Wahrheit.

Kapitel 1:

Der Fotopreis

Die gedämpfte Beleuchtung der Lumière-Lounge ließ die kleinen Kristalllüster über der Bar funkeln, während der Raum in ein sanftes goldenes Licht getaucht war. Die jazzigen Klänge eines Saxophons flossen wie samtiger Rauch durch den Raum, die Melodie vermischte sich mit dem leisen Stimmengewirr der Gäste. Es war der perfekte Abend, um innezuhalten und einen Erfolg zu feiern – oder sich über die Zukunft Gedanken zu machen.

Die kleine Lumière-Lounge in Berlin Kreuzberg in der Oranienstraße füllte sich langsam mit Gästen, die nach der Arbeit noch ein Glas trinken wollten oder sich für einen Apero mit ihren Freunden oder Liebsten trafen.

Aurelia Sternberg, Mitte dreißig, saß an einem der kleinen, runden Tische in der Ecke, ein Glas Champagner vor sich. Sie hatte sich für den Abend elegant, aber schlicht gekleidet – eine fließende Seidenbluse in tiefem Mitternachtsblau, kombiniert mit einer schmalen schwarzen Hose und dezenten Goldohrringen. Man sah ihr nicht an, dass sie üblicherweise lieber in T-Shirts und Jeans unterwegs war. Ihre Haare waren in weichen Wellen über die Schultern gelegt. Sie strich nachdenklich über den schlichten, goldenen Ring an ihrem Finger, ein Erbstück ihrer Mutter, das sie nahezu immer als Andenken trug.

Neben ihr, immer einen Hauch mutiger im Stil, saß Mia, ihre beste Freundin seit der Schulzeit. Mia hatte sich für den Abend für ein smaragdgrünes, figurbetontes Kleid entschieden, das ihr lebhaftes Temperament unterstrich. Ihre goldenen Armreifen funkelten im Licht der Kristalllüster, und ihre Lippen waren in einem tiefen Rot geschminkt, das perfekt zu ihrer selbstbewussten Ausstrahlung passte.

Mia lehnte sich mit einem breiten Grinsen vor und klopfte auf den Tisch, als das Saxophon in einen sanften Höhepunkt glitt. „Also", sagte sie voller Energie, „wann stoßen wir endlich an? Ich meine, du hast diesen Preis gewonnen, Aurelia! Das ist riesig!"

Aurelia lachte leise, wobei sie den Kopf schüttelte und einen Blick auf das Billett neben ihrem Glas warf – die Einladung zur Verleihung des Fotopreises, den sie gerade entgegen genommen hatte. „Es fühlt sich so … unwirklich an", gab sie zu und strich mit den Fingerspitzen über die elegante Prägung auf der Karte. „Es ist ein Foto von einem Baum. Nur ein Baum."

Mia zog die Augenbrauen hoch, als ob sie Aurelia nicht glauben könnte, und hob ihr Glas in einer bedeutungsvollen Geste. „Nur ein Baum? Aurelia, dieses Bild ist eine Symphonie aus Licht und Schatten! Es ist perfekt! Die Jury-Mitglieder haben es erkannt, also solltest du das auch. Du hast dir das verdient!"

Aurelia lächelte, während sie das Glas in die Hand nahm. Mia war immer ihre größte Unterstützerin gewesen, schon seit sie sich im Kunstunterricht der Schule gefunden hatten. Sie erinnerte sich noch lebhaft an die Tage, als sie gemeinsam im Keller des Schulgebäudes Bilder für das Jahrbuch ausgesucht hatten. Damals hatten sie stundenlang diskutiert – über Kunst, über ihre Träume, über das Leben.

Während Mia ihren Weg in der Modewelt gefunden und als erfolgreiche Boutique-Besitzerin Fuß gefasst hatte, hatte Aurelia sich der Fotografie verschrieben – vor allem der Naturfotografie, die ihr Ruhe und Frieden schenkte, wenn alles andere in ihrem Leben chaotisch erschien.

„Du hast recht", sagte Aurelia schließlich und hob das Glas in Mias Richtung. „Auf den Baum. Und auf uns."

Mia grinste triumphierend. „Auf den Baum und auf uns!" Sie klirrte mit ihrem Glas gegen das von Aurelia, und die beiden Freundinnen lachten, während sie den Sekt hinunter schlürften. „Und auf den nächsten Preis, den du gewinnen wirst. Denn ich weiß, es bleibt nicht bei einem."

Aurelia schüttelte den Kopf und ließ ihren Blick durch die Lounge schweifen. Die gedämpfte Atmosphäre, das warme Licht, das über die dunkelgrünen Ledersofas fiel, und die leisen Gespräche im Hintergrund – es war einer dieser Abende, an denen alles perfekt zu sein schien. Sie und Mia hatten viele solcher Nächte hier verbracht, aber heute fühlte sich etwas anders an. Es war, als ob ein neues Kapitel in ihrem Leben begann, eines, das sie in eine völlig neue Richtung führen würde.

„Und was kommt jetzt?" fragte Mia neugierig und lehnte sich vor, als ob sie das Geheimnis der Zukunft aus Aurelia herauslocken wollte. „Ich meine, was machst du als Nächstes? Hast du schon eine Idee für dein nächstes Fotoprojekt?"

Aurelia nahm einen weiteren Schluck und stellte das Glas dann sanft auf den Tisch. „Ehrlich gesagt ... nicht wirklich. Ich habe ein paar Aufträge, kleinere Routine-Jobs, an denen es mir zum Glück nicht mangelt. Sonst wäre es ganz schlimm mit meinen Finanzen. Aber irgendwie habe ich das Gefühl, dass etwas Neues auf mich zukommt, etwas Größeres."

Mia legte den Kopf schief und betrachtete sie aufmerksam. „Vielleicht ist das, was du brauchst, eine Pause von der Routine. Du hast diesen Preis gewonnen, weil du die Schönheit der Natur eingefangen hast. Aber vielleicht gibt es da draußen noch mehr zu entdecken – etwas, das du nicht mal geahnt hast."

Aurelia nickte, obwohl sie nicht die geringste Vorstellung davon hatte, was dieses „etwas Größeres" sein könnte. Aber tief in ihr regte sich ein Gefühl, dass Mia recht haben könnte. „Ja, vielleicht hast du recht", murmelte sie, fast mehr zu sich selbst als zu Mia.

Mia lächelte sie an und beugte sich ein wenig vor. „Weißt du, manchmal ist es das Ungeplante, das uns zu den spannendsten Orten bringt. Ich meine, schau mich an! Ich hätte nie gedacht, dass ich mal eine Boutique besitzen würde, aber das Ungeplante hat mich dahin gebracht, wo ich heute bin."

Aurelia schmunzelte. „Das stimmt wohl. Du hast immer gesagt, dass du eigentlich Fotografin werden wolltest, und jetzt hilfst du anderen Frauen, sich gut zu kleiden. Aber ich muss zugeben, du warst schon immer diejenige von uns, die mehr Gespür für Mode hatte."

Mia zwinkerte ihr zu. „Tja, und du hattest immer den besseren Blick für das perfekte Foto. Ich denke, wir ergänzen uns ziemlich gut."

Für einen Moment saßen die beiden Frauen schweigend nebeneinander, beide in Gedanken versunken. Der sanfte Klang des Saxophons und die angenehme Wärme des Raumes umhüllten sie wie eine vertraute Decke.

Aurelia seufzte leise und legte ihre Hände auf den Tisch. „Weißt du, Mia ... ich wünsche mir auch irgendwie, dass bald etwas Neues auf mich zukommt. Etwas, das ich nicht geplant habe. Vielleicht wird es ein Abenteuer, vielleicht wird es eine Herausforderung, aber irgendwie hätte ich schon gerne etwas, das mich aus dem gewohnten Trott heraus reißt."

Mia sah sie durchdringend an, als hätte sie genau gespürt, was in Aurelia vorging. „Du hast immer diesen sechsten Sinn gehabt, Auri. Und egal, was es ist – du wirst es meistern. Ich weiß es einfach."

Mia hob ihr Glas erneut. „Aber heute Abend, meine Liebe, stoßen wir nur auf deinen Erfolg an. Das nächste Abenteuer kommt von ganz allein."

Aurelia nickte zustimmend und nahm noch einen Schluck von ihrem Champagner. Für den Moment ließ sie die Gespräche, das sanfte Saxophon und die gedämpfte Beleuchtung auf sich wirken. Die Zukunft fühlte sich plötzlich nicht mehr so weit entfernt an. Vielleicht würde das Abenteuer, das sie sich erhoffte, schon bald seinen Anfang nehmen.

Und irgendwann fragte Mia beiläufig, ob Aurelia in letzter Zeit jemanden kennengelernt habe, doch Aurelia zögerte.

„Nein, nicht wirklich", sagte sie leise. „Ich habe mir vorgenommen, vorsichtiger zu sein. Es ist leicht, sich in die Aufregung von etwas Neuem zu stürzen, ohne genau hinzusehen, was wirklich dahinter steckt."

Mia legte den Kopf schief und sah sie aufmerksam an. „Ist das wegen dem, was mit Tom passiert ist?"

Aurelia schüttelte den Kopf, versuchte zu lächeln, doch das Lächeln erreichte nicht ihre Augen. „Tom war nur ein Teil davon. Ich habe mich von meinen Gefühlen überwältigen lassen, ohne zu überlegen, ob das alles wirklich Sinn macht. Und am Ende habe ich nicht nur mich, sondern auch andere verletzt."

Sie schluckte. „Ich will einfach nicht wieder diesen Fehler machen. Deswegen halte ich mich jetzt eher zurück."

Kapitel 2:

Der Anruf von Onkel Oliver

Am nächsten Morgen stand Aurelia früh auf. Die letzten Sonnenstrahlen des Spätsommers drangen durch die Gardinen und tauchten ihre kleine Wohnung in warmes Licht. Sie hatte kaum geschlafen – der Gedanke an den Fotopreis und die Anerkennung für ihre Arbeit hatte sie wach gehalten, aber es war ein angenehmes Gefühl gewesen. Endlich schien sich all die Mühe auszuzahlen.

Gerade als sie sich mit einer Tasse Kaffee an ihren Schreibtisch setzte, vibrierte ihr Handy. Ein vertrauter Name leuchtete auf dem Display: Onkel Oliver.

Aurelia runzelte die Stirn. Sie sprach nicht oft mit ihm am Telefon, aber ihre Beziehung war stark. Onkel Oliver war immer für sie da gewesen, besonders nach dem Tod ihrer Eltern, als sie noch ein Kind gewesen war. Es war Onkel Oliver gewesen, der sie aufgenommen hatte, als die Welt um sie herum in Trauer versank. Er war für sie da, mit einer unendlichen Geduld und Liebe, die sie immer spüren ließ, dass sie trotz allem nicht allein war.

In ihrer Erinnerung tauchten Bilder auf: Sie, kaum sieben Jahre alt, wie sie einsam in der Küche ihres Elternhauses saß, mit weit geöffneten Augen, die versuchten, das Unfassbare zu begreifen. Es war Onkel Oliver gewesen, der sie in die Arme genommen hatte, der sie fest umschloss, bis die Tränen nachließen. In diesen ersten schweren Tagen hatte er nicht viele Worte gefunden, aber das musste er auch nicht. Seine Anwesenheit reichte aus, um die Leere ein wenig zu füllen.

Er war derjenige gewesen, der ihr am Tag der Beerdigung sanft die Haare aus dem Gesicht gestrichen und gesagt hatte: „Egal, was passiert, ich werde immer für dich da sein, Aurelia. Du wirst das schaffen." Diese Worte waren wie ein Mantra in ihr geblieben, ein Versprechen, das Onkel Oliver nie gebrochen hatte.

Seither hatte er sich um sie gekümmert, hatte sie in die Welt der Bücher eingeführt, und oft saßen sie abends zusammen auf der Couch, während er ihr Geschichten vorlas. Ihre gemeinsame Leidenschaft für Kunst und Fotografie hatte er entfacht, indem er ihr im Sommer Ausflüge zu Galerien und Ausstellungen in der Umgebung organisiert hatte. Oliver war kein gewöhnlicher Onkel – er war wie ein Vater für sie geworden, ein Vertrauter und ein Mentor. Als sie älter wurde und begann, ihre Leidenschaft für die Fotografie zu entwickeln, hatte er sie bestärkt, an sich zu glauben. „Du hast das Auge, Auri", hatte er gesagt. „Die Welt braucht Menschen, die Dinge sehen können, die andere übersehen."

Diese Worte hatten sie all die Jahre begleitet, auch wenn Zweifel aufkamen. Onkel Oliver war immer die Stimme der Zuversicht, derjenige, der sie antrieb, weiterzumachen, wenn sie dachte, sie wäre nicht gut genug. Ohne ihn hätte sie nie den Mut gehabt, ihren Weg als Fotografin zu gehen.

Jetzt, als sie sein vertrautes Lächeln auf dem Foto sah, das als Profilbild auf ihrem Handy aufleuchtete, fühlte Aurelia eine Welle von Dankbarkeit. Sie nahm den Anruf entgegen.

„Onkel Oliver!", sagte sie fröhlich. „Wie geht es dir?"

„Aurelia, mein Schatz!", erklang die etwas raue Stimme ihres Onkels. „Ich hätte so gern mit dir angestoßen – Gratulation! Ich wäre gern dabei gewesen, gestern am Abend, aber ich habe ein bisschen Kopfweh gehabt."

Aurelia lehnte sich vor. „Hoffentlich nichts Schlimmes?"

„Aber nein, alles bestens" beruhigte Onkel Oliver sie. „Ich finde es nur wirklich sehr schade, dass ich nicht mit dir gefeiert habe."

Die Wärme in seiner Stimme füllte Aurelias Herz mit Stolz und Freude. Onkel Oliver hatte sie immer ermutigt, ihre Träume zu verfolgen, auch wenn sie selbst manchmal zweifelte. Er hatte ihr die Freiheit gegeben, Fehler zu machen und aus ihnen zu lernen, und war immer da gewesen, um sie aufzufangen.

Sie erinnerte sich an die langen Sommerferien, als sie mit ihm durch Wälder und Felder wanderte, während er ihr alte Kameras zeigte und ihr beibrachte, wie man die richtige Perspektive einfängt. Onkel Oliver war selbst ein passionierter Kunstliebhaber, und obwohl er kein Fotograf war, verstand er das Zusammenspiel von Licht und Schatten. Seine Begeisterung für die Natur und das Detail war ansteckend.

„Erinnerst du dich", begann Aurelia, fast unbewusst lächelnd, „an das Jahr, als du mir deine alte Kamera geschenkt hast? Ich war zwölf und dachte, ich wäre der größte Fotograf der Welt."

Onkel Oliver lachte. „Oh ja, ich erinnere mich. Du hast mit dieser Kamera jeden Baum und jedes Blatt in meinem Garten fotografiert. Und wenn ich mich nicht irre, war es genau ein Foto von einem Baum, das dir diesen Preis eingebracht hat, oder?"

Aurelia grinste. „Stimmt. Irgendwie bin ich doch beim Baum geblieben."

„Das zeigt nur, dass du schon damals etwas Besonderes gesehen hast, was andere nicht gesehen haben", sagte Onkel Oliver, seine Stimme jetzt sanfter. „Deine Eltern wären so stolz auf dich."

Diese Worte berührten Aurelia tief. Onkel Oliver hatte es immer verstanden, ihren Schmerz zu lindern, indem er ihr zeigte, dass es Wege gab, weiterzugehen, auch wenn die Trauer nie ganz verschwand. Er hatte den Platz ihrer Eltern nie eingenommen, aber er hatte immer versucht, ihr den Halt zu geben, den sie brauchte.

Eine kurze Pause entstand, bevor Onkel Oliver wieder sprach. „Übrigens, ich rufe nicht nur an, um dir zu gratulieren. Ich habe da eine kleine Bitte, wenn du Zeit hast."

„Natürlich, immer für dich", antwortete Aurelia neugierig. „Was gibt's?"

„Es geht um eine Ausstellungseröffnung", begann Onkel Oliver. „Ich bin selbst nicht in der Lage, zu der Vernissage hinzugehen. Die letzten Wochen haben mir gesundheitlich doch etwas zugesetzt, und ich muss kürzertreten. Aber es ist eine bedeutende gesellschaftliche Veranstaltung, und ich dachte, das könnte eine großartige Gelegenheit für dich sein, dich unter die Leute zu mischen und vielleicht auch fotografisch wieder einmal etwas Neues auszuprobieren."

Aurelia biss sich leicht auf die Lippe. Sie machte sich Sorgen um seinen Gesundheitszustand, aber Onkel Oliver war nie jemand, der zu viel Aufhebens um sich selbst machte. Stattdessen war er der Typ Mensch, der sich eher um andere kümmerte – besonders um sie.

„Eine Ausstellung?" Aurelia zögerte. „Was genau wird dort ausgestellt?"

„Es handelt sich um eine Vernissage", erklärte Onkel Oliver, der eine lange Karriere als Kunst- und Kulturjournalist hinter sich hatte. „Ein bekannter Galerist, Leonard Falkenstein, hat mich gebeten, Fotos von der Ausstellungseröffnung zu machen. Nachdem ich mich ein bisschen schwächlich fühle, habe ich an dich gedacht."

„Eine Vernissage?" Aurelia stutzte. „Ach, gesellschaftliche Sachen sind nicht so mein Ding, Onkel Oliver."

Onkel Oliver lachte sanft, dieses tiefe, herzliche Lachen, das Aurelia so sehr liebte. „Das weiß ich, aber genau deshalb ist es eine Gelegenheit, deinen Horizont zu erweitern. Du wirst nicht nur Kunstwerke sehen, sondern auch interessante Leute treffen. Es wäre eine großartige Chance, neue Kontakte zu knüpfen."

Aurelia dachte kurz nach. Sie liebte ihre Arbeit als Naturfotografin, aber etwas Neues auszuprobieren, reizte sie.

„Wann ist die Ausstellung?" fragte sie schließlich.

„Übermorgen", antwortete er. „Die Galerie ist nur ein paar Minuten von der Lumière-Lounge entfernt, deiner Lieblingsbar, wo wir uns schon ein paar Mal getroffen haben. In der Mariannenstraße."

Aurelia musste schmunzeln. „Das klingt, als hättest du das schon alles durchgeplant."

„Ich kenne dich doch", erwiderte Onkel Oliver schmunzelnd. „Du liebst es, Neues zu entdecken, auch wenn du es nicht zugeben willst. Und wenn es nicht deins ist, dann hast du immer noch eine interessante Ausstellung gesehen."

„Okay", sagte Aurelia schließlich. „Ich werde hingehen und es mir ansehen. Danke, dass du an mich gedacht hast."

„Ich danke dir, dass du das für mich übernimmst", sagte Onkel Oliver. „Du wirst sehen, es wird sich lohnen. Und vergiss nicht – Leonard Falkenstein ist ein interessanter Galerist. Vielleicht ergibt sich für dich noch mehr."

Aurelia lächelte. „Ich werde daran denken."

„Gut, dann lass es mich wissen, wie es gelaufen ist", sagte Onkel Oliver. „Und pass auf dich auf, ja?"

„Das werde ich", versprach Aurelia, bevor sie den Anruf beendete.

Sie legte das Handy auf den Tisch und starrte nachdenklich aus dem Fenster. Eine Ausstellung mit moderner Kunst – das war nicht unbedingt ihr Ding. Aber wie Onkel Oliver sagte: Manchmal musste man aus seiner Komfortzone herauskommen, um Neues zu entdecken. Und wer weiß? Vielleicht wartete tatsächlich eine interessante Gelegenheit auf sie.

Kapitel 3:

In der Galerie

Die gläsernen Türen der Falkenstein-Galerie reflektierten das sanfte Licht der untergehenden Sonne, als Aurelia und Mia davor standen und die schlichte Eleganz des Eingangs bewunderten. Die moderne Fassade, in klaren, minimalistischen Linien gehalten, schuf einen spannenden Kontrast zu den Kunstwerken, die im Inneren der Galerie auf sie warteten. Aurelia fühlte sich für einen Moment fehl am Platz, fast als würde sie in eine Welt eintreten, die nicht die ihre war.

„Gut, dass wir nicht zu spät dran sind", sagte Mia, die auf ihre Uhr schaute und sich durch ihr schulterlanges Haar fuhr. „Es kommt mir so vor wie wenn Leonard Falkenstein gerade seine Rede hält."

Aurelia nickte, doch ein leichtes Gefühl der Unruhe breitete sich in ihrer Brust aus. Obwohl sie als Fotografin oft unter Menschen war, fühlte sich diese Welt der modernen Kunst seltsam fremd an. Die kühle Eleganz und das leise Gemurmel der gehobenen Gesellschaft, die sich hier versammelt hatte, schienen so weit entfernt von den einsamen, stillen Wäldern, die sie normalerweise fotografierte. Sie konnte nicht leugnen, dass sie sich in diesem Umfeld fehl am Platz fühlte.

„Komm schon", drängte Mia und öffnete die schwere Glastür mit einem eleganten Schwung. „Ich will wissen, worum es bei dieser Ausstellung geht."

Aurelia atmete tief durch und folgte ihrer Freundin ins Innere der Galerie. Der Kontrast zwischen der gedämpften Atmosphäre draußen und dem offenen, weiten Raum drinnen war augenblicklich spürbar. Die Luft war erfüllt von leisen Gesprächen und dem sanften Klicken von Gläsern. Die Falkenstein-Galerie war größer, als Aurelia erwartet hatte. Hohe Wände, in sanften, neutralen Tönen gehalten, lenkten die Aufmerksamkeit der Besucher unweigerlich auf die ausgestellten Werke. Skulpturen auf Podesten, großflächige Gemälde und antike Artefakte schienen von einem unsichtbaren Faden zusammengehalten zu werden.

„Wow", sagte Mia und ließ ihren Blick über die Werke schweifen. „Es ist wirklich schön hier." Sie drehte sich zu Aurelia um. „Fühlt sich fast an wie in einem Film, findest du nicht?"

Aurelia lächelte leicht. „Ja, aber ... ich muss zugeben, moderne Kunst war noch nie wirklich mein Ding." Sie schaute sich um, nahm die

Menschen wahr, die sich in kleinen Gruppen um die Werke versammelt hatten. Es war eine Welt, die mehr von den hohen Wellen der Gesellschaft und dem elitären Geschmack bestimmt wurde, eine Welt, die sie noch nicht ganz verstand.

Mia zuckte mit den Schultern. „Ach, mach dir keine großen Gedanken, liebe Aurelia, schließlich ist Kunst einfach nur Kunst", sagte sie enthusiastisch und streckte sich, um einen besseren Blick auf die Skulpturen zu werfen. „Manchmal muss man sich einfach darauf einlassen."

Aurelia spürte, wie ihre Nervosität mit jedem Schritt in die Galerie hinein zunahm. Der Raum war erfüllt von Menschen, die sich leise unterhielten, elegant gekleidet, perfekt in das Ambiente passend. Inmitten dieser gediegenen Stimmung, in der jeder Schritt auf dem polierten Boden zu hallen schien, fühlte sich Aurelia unbehaglich. Ihre Welt war die der stillen Wälder und rauschenden Flüsse – hier war sie die Beobachterin, nicht Teil des Ganzen.

In der Ferne hörte sie eine klare Stimme, die über die Menge hinweg schwebte. „Ich glaube, die Rede hat bereits begonnen", sagte Aurelia, als sie versuchte, einen Blick durch die Menschenmenge zu erhaschen. „Komm, lass uns näher herangehen."

Sie drängten sich vorsichtig durch die Gruppen von Gästen, die sich hier und da um die Kunstwerke scharten. Die Gespräche verstummten allmählich, als sie näher in die Mitte des Raumes gelangten, wo Leonard Falkenstein gerade seine Rede hielt. Er stand vor einem beeindruckenden, großformatigen Gemälde – eine Leinwand, auf der Farbschichten in dramatischen Schwüngen übereinanderlagen, als würde die Farbe selbst die Geschichte erzählen. Leonard, ein schlanker Mann in den Vierzigern, trug einen maßgeschneiderten Anzug, der seine elegante und selbstsichere Haltung unterstrich. Seine dunklen Haare waren nach hinten gekämmt, und seine Brille mit dünnem Rahmen reflektierte das gedämpfte Licht der Galerie.

„… und diese Werke, meine Damen und Herren, sind nicht nur Spiegel der Vergangenheit, sondern auch ein Blick in die Seele der Künstler, die sie geschaffen haben. Jedes einzelne Stück erzählt seine eigene Geschichte, und es ist uns eine Ehre, sie heute Abend mit Ihnen zu teilen."

Aurelia zückte ihre Kamera. Sie spürte den vertrauten Drang, den Moment einzufangen, ihn festzuhalten, damit er nicht verloren ging. Schnell stellte sie die Blende ein, passte die Belichtungszeit an und begann, durch den Sucher zu blicken. Die Geräusche der Menge verschwammen, während sie sich ganz auf die Bilder und Skulpturen konzentrierte, die sie durch die Linse betrachtete. Leonard Falkensteins ruhige Stimme drang nur noch entfernt an ihr Ohr, als sie versuchte, die Atmosphäre der Galerie in ihren Fotos einzufangen.

„Was für ein beeindruckender Mann", flüsterte Mia, während sie die Rede von Leonard verfolgte. „Er wirkt so … gelassen und kultiviert."

Aurelia nickte leicht, ihre Augen jedoch fest auf die Kamera gerichtet. Sie fing die Kunstwerke aus verschiedenen Blickwinkeln ein, versuchte, die Texturen und Details sichtbar zu machen, die nur durch das richtige Licht und den richtigen Winkel wirklich zur Geltung kamen. Es war eine Herausforderung, die sie reizte. Obwohl sie sich in dieser Welt fremd fühlte, gab ihr die Kamera ein Gefühl von Kontrolle, als ob sie die Distanz zwischen sich und dieser neuen Umgebung überbrücken konnte.

Während Leonard weiter sprach und das Licht sich auf den Gemälden reflektierte, sah Aurelia durch ihre Linse, wie die Farben und Formen zu tanzen schienen. Diese Werke waren tatsächlich anders als das, was sie gewohnt war – weniger greifbar als die Natur, aber dennoch voller Ausdruck.

Jedes Kunstwerk, jede Skulptur erzählte eine Geschichte, auch wenn sie diese nicht sofort verstand.

Leonard sprach mit Überzeugung. „Meine Damen und Herren, von der klassischen Antike über das viktorianische Zeitalter bis hin zur modernen Kunst – Künstler aller Zeiten haben sich von der Kraft, der Anmut und den Mysterien der Frau inspirieren lassen. Sie ist nicht nur Muse und Modell, sondern auch ein Symbol für die Herausforderungen und Sehnsüchte ihrer jeweiligen Epoche. Diese Werke spiegeln die Art und Weise wider, wie die Frauen ihre Zeit prägten und wie sie wiederum von ihr geformt wurden."

Leonard ließ seinen Blick über die Kunstgegenstände schweifen, als ob er für einen Moment in die Geschichten eintauchte, die sie erzählten. „Eines der zentralen Stücke ist ein Werk, das mir persönlich sehr am Herzen liegt – *Frau am Teich* von Samuel Carroway. Es ist ein Meisterwerk, das sowohl in seiner Ästhetik als auch in seiner symbolischen Bedeutung die Zeit überdauert hat. Die geheimnisvolle Darstellung der Frau, die uns den Rücken zuwendet, hat in der Kunstwelt viele Fragen aufgeworfen. Wer ist sie? Was verbirgt sie? Welches Leben führte sie? Vielleicht ist es gerade das Geheimnisvolle, das die Faszination des Bildes ausmacht."

Er hielt inne und sah in die Gesichter der Gäste, die nun gespannt zuhörten.

„Diese Ausstellung soll uns daran erinnern, dass Kunst nicht nur dazu da ist, die Schönheit der Welt einzufangen, sondern auch, um Geschichten zu erzählen. Geschichten von Liebe, von Verlust, von Geheimnissen – und, wie bei der *Frau am Teich*, vielleicht auch von Dingen, die wir nie ganz verstehen werden."

Ein Lächeln legte sich auf Leonards Lippen.

„Ich hoffe, dass Sie in den Werken hier Inspiration finden, genauso wie ich es immer wieder tue. Die Frauen, die auf diesen Leinwänden und in diesen Skulpturen verewigt wurden, tragen nicht nur das Abbild ihrer Zeit, sondern auch das Rätsel der Ewigkeit in sich."

Mit einem leichten Nicken schloss er: „Vielen Dank, dass Sie heute Abend hier sind. Genießen Sie die Ausstellung."

Als die Rede geendet hatte und die Gäste höflich applaudierten, fing Aurelia einen Moment ein, in dem Leonard leicht lächelte und den Applaus mit einer zurückhaltenden, aber würdigen Geste annahm. Sie konnte spüren, dass er diese Rolle des Gastgebers gut kannte – er war charmant, aber nicht aufdringlich, ein Mann, der es verstand, Menschen zu faszinieren, ohne sich selbst in den Vordergrund zu stellen.

„Ich glaube, du wirst hier ein paar gute Aufnahmen machen", sagte Mia, die sich wieder neben Aurelia gestellt hatte. „Das Licht ist perfekt, und die Kunstwerke … nun ja, die sprechen für sich."

Aurelia nickte, doch ihre Nervosität war noch nicht ganz verschwunden. Sie war hier, um einen Job zu erledigen, doch sie konnte nicht verhindern, dass sich die Unsicherheit in ihr regte. War das wirklich ihre Welt? Ein Teil von ihr fühlte sich fehl am Platz, als ob sie eine Rolle spielte, die nicht für sie bestimmt war. Doch sie erinnerte sich an ihre Worte zu Onkel Oliver: Sie würde es versuchen.

„Ich gehe weiter und schaue mir die anderen Werke an", sagte Aurelia schließlich und begann, sich langsam durch die Galerie zu bewegen. Die Gespräche um sie herum klangen wie ein sanftes Summen, das ihre Gedanken begleitete. Mit jedem Schritt versuchte sie, die Details der Kunstwerke zu erfassen. Jedes Bild, jede Skulptur schien in einer eigenen Sprache zu sprechen – eine Sprache, die sie erst noch lernen musste.

Während sie sich durch den Raum bewegte und die Kamera hob, um weitere Aufnahmen zu machen, bemerkte Aurelia, wie die Besucher sich langsam wieder entspannten. Sie formten kleine Gruppen, lachten leise und besprachen die Werke, die sie gerade gesehen hatten. Die

Atmosphäre wurde lockerer, fast familiär. Und auch Aurelia begann sich ein wenig wohler zu fühlen, als ob sie allmählich ihren Platz in dieser Welt fand – nicht als Teil davon, aber als Beobachterin, die die Schönheit dieser Kunst mit ihrer Kamera einfing.

Als sie sich schließlich eine Weile mit den Werken beschäftigt hatte, sah sie aus dem Augenwinkel, dass Leonard Falkenstein sich nun unter die Gäste gemischt hatte. Er bewegte sich elegant von Gruppe zu Gruppe, sprach leise mit den Besuchern, hörte aufmerksam zu und lächelte charmant. Es war offensichtlich, dass er seine Rolle als Gastgeber perfekt beherrschte, und auch wenn er sich im Hintergrund hielt, war klar, dass er der Dreh- und Angelpunkt des Abends war.

„Kommst du zurecht?" fragte Mia, die plötzlich wieder neben ihr stand. Sie hatte sich ein Glas Sekt geholt und wirkte begeistert von der Atmosphäre. „Ich habe gehört, dass es im hinteren Bereich noch einige interessante Werke gibt."

Aurelia nickte, doch ihre Gedanken waren immer noch bei der Kamera und den Bildern, die sie gerade aufgenommen hatte. „Ja, ich denke, ich habe ein paar gute Aufnahmen. Aber ich will noch mehr fotografieren. Ich will versuchen, den Geist dieser Ausstellung festzuhalten."

„Na dann los", sagte Mia, klopfte ihr ermutigend auf die Schulter und lächelte. „Ich sehe mich auch noch ein bisschen um."

Aurelia sah ihrer Freundin nach, die sich mühelos durch den Raum bewegte, als gehöre sie ganz selbstverständlich in diese Umgebung. Dann richtete sie ihren Blick wieder auf die Kunstwerke. Es würde ein langer Abend werden, aber sie war entschlossen, das Beste aus diesem Auftrag zu machen. Schließlich hatte sie Onkel Oliver versprochen, diese Aufgabe ernst zu nehmen. Vielleicht würde sie am Ende mehr über sich und die Kunstwelt lernen, als sie zunächst erwartet hatte.

Kapitel 4:

Leonard

Die Galerie füllte sich weiter, während Aurelia durch den Raum ging und mit ihrer Kamera verschiedene Kunstwerke und Gäste einfing. Das leise Summen der Gespräche, das Klingen von Gläsern und die sanften Klänge eines Jazzpianos im Hintergrund schufen eine dichte, beinahe intime Atmosphäre. Aurelia hatte mittlerweile ein Gefühl für den Raum entwickelt – die perfekte Balance zwischen Licht und Schatten gefunden, einige gute Aufnahmen gemacht – und dennoch blieb ein leichtes Kribbeln in ihrem Magen.

Dieses Kribbeln war nicht das unangenehme Gefühl der Unsicherheit, sondern eher die Spannung, die sie immer verspürte, wenn sie sich auf etwas Neues einließ. Es war eine Mischung aus Neugierde und Aufregung, und sie wusste, dass es sie zu Höchstleistungen anspornte. Sie konnte sich gut vorstellen, dass es so ähnlich war, wie ein Künstler sich fühlte, bevor er den ersten Pinselstrich auf eine leere Leinwand setzte.

Sie hielt für einen Moment inne und betrachtete das späte Abendlicht, das kaum noch wahrnehmbar durch die Fenster der Galerie fiel und sich auf den glänzenden Marmorboden legte. Das Licht spielte mit den Konturen der Kunstwerke, brachte die Farben der Gemälde zum Leuchten und verlieh den Skulpturen eine fast lebendige Aura. Dieser Raum war mehr als nur ein Ort, um Kunst zu präsentieren – er war selbst ein Kunstwerk, sorgfältig gestaltet, um die Werke zum Strahlen zu bringen.

Aurelia richtete den Fokus ihrer Kamera auf eine imposante Skulptur, eine moderne Interpretation eines klassisch griechischen Motivs, als sie plötzlich eine tiefe, wohlklingende Stimme hinter sich hörte.

„Sie scheinen ein Auge für Details zu haben."

Überrascht drehte sie sich um und sah sich Leonard Falkenstein gegenüber. Aus der Nähe wirkte er noch beeindruckender, als sie ihn zuvor während seiner Rede wahrgenommen hatte. Groß, mit einer eleganten Haltung, dunklem Haar, das an den Schläfen leicht ergraut war, und einem ruhigen, aufmerksamen Blick. Er trug einen perfekt geschnittenen Anzug, der seine Position als Galerist unterstrich, und seine Präsenz schien den Raum um ihn herum auszufüllen, ohne dass er es nötig hätte, sich in den Vordergrund drängen zu müssen.

Aurelia war für einen Moment sprachlos, ließ dann jedoch ihre Kamera sinken. „Oh", sagte sie schließlich, „ich ... versuche, das Wesentliche der Kunstwerke einzufangen."

Leonard lächelte leicht, ein Lächeln, das professionell und zugleich charmant war, so als würde er diesen Moment genau beherrschen. „Sie machen das sicherlich sehr gut", sagte er mit dieser ruhigen, tiefen Stimme. „Es ist nicht einfach, den Kern eines Werkes durch die Linse zu erfassen. Nur sehr wenige haben das Talent dafür."

Aurelia spürte, wie ihr Herzschlag ein wenig schneller wurde. Sie hatte in ihrem Leben schon viele Menschen getroffen, aber Leonard Falkenstein hatte eine besondere Ausstrahlung. Eine Mischung aus Autorität und Leichtigkeit, die sie ein wenig aus dem Konzept brachte. Er wirkte nicht nur kultiviert und erfahren, sondern auch überraschend zugänglich, als hätte er nichts zu beweisen – und das machte ihn nur umso beeindruckender.

Sie strich sich unbewusst eine Haarsträhne hinters Ohr, während sie versuchte, sich wieder zu fassen. „Ich bin Aurelia Sternberg", stellte sie sich schließlich vor und streckte ihm die Hand entgegen. „Mein Onkel hat mich gebeten, heute Abend die Ausstellung zu fotografieren. Als seine Vertreterin", erklärte sie und erwähnte dann noch kurz das Kunstmagazin, für das Onkel Oliver normalerweise Fotomaterial lieferte.

Leonard ergriff ihre Hand mit einem festen Händedruck. Aurelia war froh, dass sie sich an diesem Abend gut gekleidet hatte. Ihr schlichtes, aber elegantes Outfit, das sie in Mias Boutique ausgewählt hatte – eine dunkelgrüne Bluse aus Seide und eine schwarze, perfekt sitzende Hose –, fühlte sich nun wie die richtige Wahl an. In der Kunstszene, umgeben von stilvoll gekleideten Gästen, hätte sie sich in ihrer üblichen Jeans und ihrem T-Shirt fehl am Platz gefühlt. Aber heute, umgeben von den gedämpften Farben und der Eleganz der Galerie, war sie froh, dass sie auf Mias Rat gehört hatte. In Leonards Blick lag eine subtile Anerkennung, die ihr das Gefühl gab, hierher zu gehören.

„Es ist ein beeindruckender Abend", sagte Aurelia, um das Gespräch am Laufen zu halten. „Die Werke, die Sie hier ausgestellt haben, sind wirklich außergewöhnlich."

Leonard nickte leicht und ließ seinen Blick über die Kunstwerke in der Nähe gleiten. „Ja, wir haben einige sehr besondere Stücke hier. Es ist nicht nur moderne Kunst, sondern auch einige seltene historische Werke, die bislang nicht öffentlich gezeigt wurden. Ich freue mich, dass Sie die Ausstellung genießen."

Aurelia sah sich kurz um und spürte das Kribbeln in ihrer Brust noch stärker werden. „Ich bin normalerweise nicht sehr in der Kunstszene unterwegs", gab sie zu, während sie einen weiteren Blick auf die Skulptur warf, die sie zuvor fotografiert hatte. „Ich bin eher in der Naturfotografie zuhause."

„Das erklärt, warum Sie so ein scharfes Auge für Details haben", antwortete Leonard nachdenklich, während er sie mit einem interessierten Blick musterte. „Die Natur verlangt nach Genauigkeit und Geduld. Zwei Dinge, die in der Kunst ebenso wichtig sind."

Aurelia fühlte sich in seiner Gegenwart zunehmend wohler, obwohl sie immer noch ein wenig beeindruckt von seiner ruhigen Autorität war. „Ich habe das Gefühl, dass ich heute Abend Neuem begegnen kann", sagte sie und ließ ihren Blick kurz durch die Galerie schweifen. „Es ist eine ganz andere Art von Fotografie als das, was ich normalerweise mache. Aber die Herausforderung gefällt mir."

Leonard nickte und lächelte leicht. „Das ist der Reiz der Kunst. Jedes Werk, jeder Moment, jede Ausstellung hat ihre eigene Geschichte. Und es ist unsere Aufgabe, diese Geschichten zu erzählen – durch Kunst, durch Fotografie, durch jede kreative Ausdrucksform."

Seine Worte klangen in Aurelia nach, als würde er eine Tür zu einer neuen Welt für sie öffnen. Sie hatte immer das Gefühl gehabt, dass ihre Fotografie ein Weg war, die Welt um sie herum zu interpretieren, aber Leonard sprach von Kunst auf eine Weise, die sie berührte. Er sah Kunst nicht nur als Ausdruck, sondern als Kommunikation, als etwas, das die Menschen miteinander verband.

Aurelia konnte sich ein Lächeln nicht verkneifen. „Sie haben eine sehr poetische Sicht auf die Dinge."

Leonard sah sie direkt an, seine Augen funkelten im gedämpften Licht der Galerie. „Kunst ist Poesie in Bildern, nicht wahr?"

In diesem Moment spürte Aurelia, dass sie sich in einem besonderen Moment befand. Die Atmosphäre der Galerie, die leise Musik, die gedämpften Gespräche um sie herum – all das schien in den Hintergrund zu treten. Es war, als ob Leonard und sie in ihrer eigenen kleinen Welt existierten, ein intimer Augenblick inmitten der großen Menge.

Bevor sie das Gespräch weiterführen konnten, näherte sich ein Gast und bat Leonard, einen Moment mit ihm zu sprechen. Leonard nickte höflich und wandte sich dann noch einmal zu Aurelia um. „Ich hoffe, wir sehen uns später noch", sagte er mit einem charmanten Lächeln. „Ich würde mich freuen, mehr über Ihre Arbeit zu erfahren."

„Ich auch", antwortete Aurelia, während

Leonard sich abwandte und in der Menge verschwand. Sie beobachtete ihn noch einen Moment, wie er sich mit elegantem Charme den anderen Gästen widmete, bevor sie tief durchatmete und sich wieder ihrer Arbeit zuwandte.

Sie hob die Kamera wieder an ihr Gesicht, stellte den Fokus ein und konzentrierte sich auf die nächsten Aufnahmen. Doch im Hinterkopf spürte sie immer noch das Knistern des Gesprächs mit Leonard Falkenstein. Seine Worte, seine Ausstrahlung und die subtile Spannung, die sich in der Luft aufgebaut hatte, verließen sie nicht. Während sie durch den Sucher blickte und das nächste Bild einfing, wusste sie, dass dieser Abend mehr für sie bereithielt, als sie anfangs erwartet hatte.

Kapitel 5:

Erik

Nachdem Leonard von einem der Gäste zur Seite gebeten wurde, wanderte Aurelia langsam durch die Galerie. Die Luft war erfüllt von gedämpften Gesprächen und dem gelegentlichen Klingen von Gläsern, während sich immer mehr Menschen versammelten, um die ausgestellten Werke zu betrachten. Ihre Kamera war stets bereit, und sie achtete darauf, die lebhaften Momente zwischen den Gästen sowie die ruhigen Augenblicke einzufangen, in denen die Besucher tief in die Kunstwerke versunken waren.

Die Atmosphäre in der Galerie begann sich zu verändern. Die anfängliche förmliche Spannung löste sich langsam auf, während die Besucher immer entspannter wurden und sich in kleine Grüppchen aufteilten. Die Kunstwerke an den Wänden und auf den Podesten schienen in diesem sanften Fluss von Gesprächen und Bewegungen zu leben. Aurelia genoss es, diese Übergänge einzufangen – das Spiel von Licht und Schatten auf den Gesichtern der Gäste, das Zögern in ihren Bewegungen, wenn sie vor einem Kunstwerk innehielten, und das gelegentliche Aufblitzen von Bewunderung oder Verständnis in ihren Augen.

Doch als Aurelia ihren Blick über den Raum schweifen ließ, blieb er an Mia hängen, die sich in ein angeregtes Gespräch vertieft hatte. Mia stand an einem der hohen Tische, ein Sektglas in der Hand, und sprach mit einem Mann, den Aurelia bisher noch nicht gesehen hatte. Er war groß, schlank und hatte eine elegante Erscheinung – genau der Typ, auf den Mia zu stehen schien. Sein dunkelblondes Haar war sorgfältig gestylt, und der maßgeschneiderte Anzug ließ darauf schließen, dass er sich in der Kunstszene ebenso zuhause fühlte wie Leonard.

Aurelia beobachtete die beiden aus der Ferne. Sie bemerkte das leichte Funkeln in Mias Augen und das subtile Lächeln auf den Lippen des Mannes, während sie sich unterhielten. Die beiden schienen sich ausgesprochen angeregt zu unterhalten und Aurelia konnte nicht anders, als sich zu wundern, worüber sie sprachen.

Neugierig näherte sie sich unauffällig, um das Gespräch mitzubekommen, ohne jedoch zu stören.

„Und wie lange arbeiten Sie schon für diese Galerie?" fragte Mia gerade interessiert und warf einen kurzen Blick auf das Gemälde hinter dem Mann, als wolle sie eine Verbindung zwischen ihm und den ausgestellten Werken herstellen.

Der Mann lächelte charmant und setzte sein Sektglas ab. „Seit einigen Jahren. Mein Name ist übrigens Erik Strobel, ich bin Leonard Falkensteins Assistent." Er deutete mit einer eleganten Handbewegung auf die Werke um sie herum. „Ich habe ihn bei der Zusammenstellung dieser Ausstellung unterstützt, und wir kooperieren sehr gut an derartigen Projekten."

Aurelia beobachtete, wie Mia ihn mit einem anerkennenden Nicken musterte. „Das erklärt einiges", sagte sie mit einem wohlwollenden Lächeln. „Die Ausstellung ist beeindruckend."

„Freut mich, dass es gefällt", antwortete Erik und neigte leicht den Kopf. Seine Stimme war ruhig und beherrscht, aber auch warm, als ob er es gewohnt war, Anerkennung für seine Arbeit zu bekommen. „Leonard hat nicht nur ein ausgezeichnetes Auge für Kunst, sondern auch ein unglaubliches Gespür für die Kunstszene. Seine Fähigkeit, Talente früh zu erkennen und Werke auszuwählen, die wirklich eine Geschichte erzählen, ist beeindruckend. Wir ergänzen uns perfekt – er bringt die Erfahrung und den Weitblick mit, während ich mich um die Details und die Organisation kümmere. Wir haben gemeinsam eine starke Dynamik aufgebaut, bei der wir uns gegenseitig inspirieren. Es ist diese Zusammenarbeit, die unsere Projekte erfolgreich macht. Abgesehen davon muss ich Ihnen sagen, dass ... Ihre Gesellschaft heute Abend eine angenehme Abwechslung ist."

Mia lachte, ein leichtes, spielerisches Lachen, das Aurelia gut von ihrer Freundin kannte. „Ach, ich verstehe von Kunst eigentlich gar nichts", sagte sie augenzwinkernd. „Aber ich mag es, mich von schönen Dingen inspirieren zu lassen."

Erik neigte leicht den Kopf, und sein Blick ruhte fest auf Mia. „Das ist manchmal das Wichtigste", sagte er, während sein Tonfall sich leicht veränderte, als wolle er seine Worte mit einem tieferen Sinn versehen. „Es geht nicht immer darum, alles zu verstehen. Manchmal genügt es, die Schönheit zu genießen."

Aurelia musste schmunzeln. Mia war sichtlich angetan von diesem Erik Strobel, und es sah ganz danach aus, als wäre dieses Gespräch mehr als nur oberflächlicher Smalltalk. Es war schon lange her, dass Aurelia ihre Freundin so lebhaft und interessiert gesehen hatte. Mias Augen funkelten, und ihre Bewegungen waren fließend und anmutig, als ob sie die Atmosphäre der Galerie in sich aufgesogen hatte.

Erik Strobel bemerkte Aurelia, die sich ihnen näherte, und nickte ihr höflich zu. „Sind Sie ebenfalls eine Kennerin der Kunst, oder lassen Sie sich, wie Ihre Freundin, einfach nur inspirieren?" fragte er mit einem freundlichen Lächeln, das eine subtile Neugierde in sich trug.

Aurelia schüttelte den Kopf und lächelte zurück. „Eigentlich bin ich hier, um zu arbeiten", sagte sie und hob ihre Kamera leicht an, um zu zeigen, warum sie hier war. „Ich fotografiere die Ausstellung für Leonard Falkenstein. Und was Mia angeht – sie ist meine Muse für die Modewelt, keine Kunstkennerin."

Mia lachte, als sie sich ein wenig zu Aurelia drehte. „Ich mag es einfach, in schöner Umgebung zu sein", sagte sie und nahm einen weiteren Schluck von ihrem Sekt. „Und heute Abend ist es hier besonders inspirierend." Sie warf Erik einen vielsagenden Blick zu, der offenbar zu sagen schien, dass das nicht nur an den Kunstwerken lag.

Aurelia konnte das Funkeln in Mias Augen und die subtile Spannung zwischen ihr und Erik nicht übersehen. Sie fragte sich, ob es nur der Sekt war, der diese Anziehungskraft verstärkte, oder ob mehr zwischen ihnen entstand. Erik schien jedenfalls genauso interessiert an Mia zu sein, wie sie an ihm.

„Erik, richtig?" fragte Aurelia, die das Gespräch am Laufen halten wollte. „Wie haben Sie Leonard Falkenstein kennengelernt?"

Erik lächelte leicht und nahm einen Schluck von seinem eigenen Sekt, bevor er das Glas vorsichtig auf dem Tisch abstellte. „Ich komme ursprünglich aus einer Familie, die im Kunsthandel tätig war", begann er, seine Stimme nun ein wenig ruhiger. „Leonard und ich haben uns auf einer Auktion kennengelernt, bei der meine Familie ein paar Werke versteigern ließ. Er war beeindruckt von meinem Wissen über die Kunstgeschichte, und so begann unsere Zusammenarbeit."

Aurelia nickte, während sie ihn aufmerksam musterte. „Das klingt, als wären Sie von Anfang an in dieser Welt zuhause gewesen."

Erik lächelte leicht, aber es schien, als gäbe es noch mehr zu seiner Geschichte, das er nicht sofort preisgab. Seine Augen verengten sich leicht, als ob er überlegte, wie viel er preisgeben wollte. „Ja, das könnte man sagen", antwortete er schließlich. „Aber die Kunstwelt ist ein dynamisches Feld, in dem man nie auslernt. Es ist aufregend, aber auch herausfordernd."

Mia sah ihn fasziniert an, als ob sie jede seiner Bewegungen studierte. „Das muss spannend sein", sagte sie und lehnte sich ein wenig näher an ihn heran. „Immer wieder neue

Entdeckungen, neue Menschen, neue Kunstwerke."

Erik erwiderte ihren Blick und hielt ihn für einen Moment fest, bevor er nickte. „Ja, es hat seine Momente." Seine Stimme senkte sich leicht, als er sagte: „Manchmal trifft man auf Menschen, die einem zeigen, dass es nicht nur um die Kunst geht, sondern auch um die Verbindungen, die man knüpft."

Aurelia entschied, den beiden ein wenig Raum zu geben. Sie wusste, dass Mia diese spontane, freigeistige Art hatte, die Menschen um sie herum auf eine besondere Weise anzuziehen. Doch selten hatte sie jemanden so schnell auf Mia wirken sehen wie Erik Strobel.

„Ich sollte noch ein paar Aufnahmen machen", sagte Aurelia mit einem wissenden Lächeln und sah Mia an. „Ich sehe euch später."

Mia nickte abwesend, offensichtlich mehr auf Erik konzentriert als auf alles andere um sie herum. Aurelia konnte nicht anders, als zu schmunzeln, als sie sich wieder ihrer Arbeit zuwandte. Sie hob ihre Kamera und machte einige weitere Aufnahmen, doch ihr Gedanke blieb kurz bei Mia und Erik hängen. War da wirklich etwas Echtes? Oder war es einfach nur die Magie des Augenblicks, die durch den eleganten Glanz der Kunstwerke und den prickelnden Champagner verstärkt wurde?

Kapitel 6:

Erste Unsicherheiten

Knapp zwei Wochen nach Aurelias erstem Besuch in Leonard Falkensteins Galerie rief er sie an.

„Frau Sternberg", hörte sie Leonards tiefe, ruhige Stimme am anderen Ende der Leitung. „Ich hoffe, ich störe nicht."

„Nein, gar nicht", antwortete sie schnell, vielleicht ein bisschen zu schnell. Sie räusperte sich und versuchte, ihre Stimme ruhiger klingen zu lassen. „Was kann ich für Sie tun?"

„Ich wollte mich bei Ihnen bedanken", begann Leonard. „Die Ausstellung war ein voller Erfolg, und das ist in großen Teilen Ihnen zu verdanken. Ihre Fotos haben eine Atmosphäre transportiert, die die ganze Ausstellung getragen hat. Ich wollte das nicht einfach nur am Telefon sagen ... Was halten Sie davon davon, wenn wir uns später auf einen Drink treffen?"

Aurelia spürte, wie ihr Herz schneller schlug. Sie wusste nicht genau, warum sie so nervös war – immerhin hatten sie während der Ausstellung doch recht viel miteinander gesprochen. Aber etwas an diesem Anruf fühlte sich anders an.

„Gerne", sagte sie nach einer kurzen Pause. „Wo und wann?"

„Wie wäre es mit der Lumière-Lounge? Sagen wir um acht?"

Aurelia nickte, auch wenn er das nicht sehen konnte. „Klingt gut. Ich freu mich."

Sie legte auf und lehnte sich in ihrem Stuhl zurück. Sie strich sich durch die Haare und versuchte, die Aufregung zu ignorieren, die sich in ihrem Bauch breit machte.

Es war kurz nach acht, als Aurelia in die stilvolle Atmosphäre der Lumière-Lounge eintrat. Die sanfte Beleuchtung und das gedämpfte Summen der Gespräche sorgten für eine ruhige, entspannte Stimmung. Leonard Falkenstein war bereits da, er saß an einem der Tische in der Ecke.

Als er sie sah, stand er auf und lächelte. „Frau Sternberg", begrüßte er sie warm und reichte ihr die Hand. „Schön, dass Sie gekommen sind."

„Gerne", sagte sie, als sie sich setzte. Der Kellner kam sofort, und Leonard bestellte zwei Glas Sekt.

„Ich wollte einfach noch mal in Ruhe über die Ausstellung sprechen", begann er, als das Glas vor Aurelia abgestellt wurde. „Es war wirklich ein außergewöhnlicher Abend, und ich finde, Sie sollten wissen, wie sehr ich Ihre Arbeit schätze. Ihre Foto-Dokumentation der Ausstellung ist ja in der Zwischenzeit schon in sehr vielen Zeitungen und Magazinen erschienen."

Der Kellner trat an ihren Tisch und servierte ihre Drinks. Aurelia nahm einen Schluck Sekt und versuchte, die Nervosität zu unterdrücken. Leonard sah sie einen Moment lang an, und Aurelia spürte, wie die Luft zwischen ihnen schwerer wurde. Es war nicht unangenehm, aber es fühlte sich an, als ob etwas Unausgesprochenes in der Luft lag.

„Wissen Sie", sagte Leonard schließlich und lächelte leicht, „ich habe mich gefragt, warum wir uns eigentlich noch siezen. Wir haben in gewissem Sinne zusammengearbeitet und etwas erreicht, und ich würde es schön finden, wenn wir ... nun ja, zum Du übergehen."

Aurelia lächelte, fühlte aber, wie ein Schauer der Aufregung über ihren Rücken lief. Es war eine simple Frage, aber es schien, als hätte sie eine tiefere Bedeutung. „Gerne", sagte sie und hielt ihm ihr Glas hin. „Dann auf das Du."

Sie stießen an, und Leonard hielt ihren Blick einen Moment länger als gewöhnlich. „Ich bin mir natürlich im klaren, dass Sie ... respektive du mir das hättest anbieten sollen, aber ich wollte nicht darauf warten. Also, auf das Du", wiederholte er.

Es folgte eine kurze Stille, doch es war nicht unangenehm. Sie tranken beide einen Schluck.

„Weißt du", sagte Leonard dann und stellte sein Glas auf den Tisch. „Ich hab in letzter Zeit deine Arbeiten gegoogelt ... ich schätze nicht nur deine Arbeit, sondern auch deine Art. Du bist anders als die meisten Menschen, denen ich in der Kunstwelt begegne. Authentisch, ehrlich."

Aurelia bemühte sich dann um einen frecheren Ton. „Um ehrlich zu sein ... du bist auch nicht der typische Galerist, den ich erwartet hatte. Du bist ... zugänglicher, bodenständiger."

Leonard lachte leise. „Ich nehme das als Kompliment."

Sie sprachen noch eine Weile über die Ausstellung, über ihre Arbeit und Pläne. Doch im Hintergrund schien sich etwas zu verändern, etwas, das nicht so klar in Worte gefasst werden konnte. Es war die Art, wie Leonard sie ansah, die Art, wie seine Hand gelegentlich ihre streifte, wenn er ihr ein neues Glas Sekt reichte.

Es wurde spät und Aurelia machte sich schließlich für die Verabschiedung bereit. „Ich freue mich auf eine weitere Zusammenarbeit, Aurelia", sagte er. „Wann und wie auch immer die sich gestalten wird. Und wer weiß, vielleicht auch auf noch ein kleines Sekt-Treffen."

Aurelia lächelte keck, als sie in die Nacht hinaustrat. Ihre Gedanken waren durcheinander, ihre Gefühle verworren. Sie mochte Leonard – mehr, als sie sich eingestehen wollte. Aber sie wusste auch, dass sie vorsichtig sein musste. Sie wollte sich nicht in etwas hineinfallen lassen, nur weil die Aufregung und der Erfolg der Ausstellung sie mitgerissen hatten.

Als sie nach Hause kam und sich ins Bett legte, dachte sie immer wieder an den Abend zurück. Sie mochte Leonard, aber konnte es mehr sein? Würde sie sich wirklich auf ihn einlassen? Sie wusste es nicht – aber eines wusste sie sicher: Ihre Gefühle für ihn waren real, und das machte die Sache umso komplizierter.

Aurelias kleine Wohnung befand sich im Graefekiez, nahe dem Landwehrkanal. Die Graefestraße war ruhig und von Bäumen gesäumt, mit vielen kleinen Cafés und kreativen Läden in der Nachbarschaft. Die Wohnung lag im dritten Stock eines Altbaus mit hohen Decken und großen Fenstern, durch die viel Tageslicht fiel. Sie hatte eine gemütliche, intime Atmosphäre, die perfekt zu Aurelias künstlerischem Wesen passte.

Die Wohnung selbst war kompakt, etwa 45 Quadratmeter groß, mit einem offenen Wohn- und Essbereich. Das Wohnzimmer bildete den Mittelpunkt der Wohnung: Eine gemütliche, alte Ledercouch stand neben einem vintage-Couchtisch, auf dem Bücher über Fotografie und Natur gestapelt waren. An den Wänden hingen einige ihrer eigenen Fotografien, und auf der Fensterbank standen Pflanzen, die dem Raum Leben einhauchten.

Der Holzboden knarrte leicht, was der Wohnung den charmanten Altbaucharakter verlieh. In der kleinen Küche, die offen zum Wohnzimmer hin gestaltet war, hingen einfache, weiße Regale, auf denen Tassen und Gewürze ordentlich angeordnet waren. Alles war praktisch, aber geschmackvoll eingerichtet.

Das Schlafzimmer war klein, aber gemütlich, mit einem schlichten Bett und einer großen Fensterfront, die zum Innenhof hinausging und morgens das sanfte Sonnenlicht hereinscheinen ließ.

Das Badezimmer war schlicht und funktional, mit weißen Fliesen und einer kleinen Badewanne. Es gab keine luxuriösen Details, aber alles war sauber und gut gepflegt.

Insgesamt strahlte die Wohnung eine Mischung aus Kreativität und Geborgenheit aus – ein Ort, der Aurelia sowohl als

Rückzugsort diente als auch als Inspirationsquelle für ihre Arbeit als Naturfotografin. Die Lage nahe dem Landwehrkanal bot ihr zudem die Möglichkeit, schnell in die Natur zu entfliehen und Ruhe zu finden, während sie gleichzeitig die lebendige Kreuzberger Kunstszene in unmittelbarer Nähe hatte. Zusätzlich hatte Aurelia ein Studio auf ihrem Gang gemietet, klein und zweckmäßig, das sie als Atelier und Fotostudio nutzte. Das Studio hatte sie vor einem Jahr gemietet, als ihre Fotoprojekte größer wurden und sie mehr Raum brauchte, um ihre Arbeiten angemessen vorzubereiten. Die großen Fenster ließen reichlich Licht herein, was den Raum perfekt für die Arbeit mit natürlichem Licht machte. An den Wänden standen hohe Regale, voll mit Fotobüchern, Objektiven, und verschiedenen Kameras, die sie über die Jahre gesammelt hatte.

Der Hauptteil des Raumes war offen gehalten, und sie hatte eine professionelle Beleuchtung und einige Hintergründe installiert, um Porträts oder künstlerische Aufnahmen zu machen. In einer Ecke stand ein großer Schreibtisch, auf dem ihr Computer und Fotobearbeitungssoftware installiert waren. Hier verbrachte sie Stunden damit, ihre Bilder zu sichten und zu bearbeiten, oft bis tief in die Nacht hinein.

Ein weiteres Regal war voll mit ausgedruckten Fotografien – einige ihrer Lieblingsaufnahmen, aber auch viele, die sie noch aussortieren wollte. Der Raum hatte einen kreativen und zugleich funktionalen Charakter, in dem sie sich voll und ganz auf ihre Kunst konzentrieren konnte. Zudem bot die Lage in direkter Nachbarschaft zu ihrer Wohnung den großen Vorteil, dass sie jederzeit hin und her wechseln konnte, ohne sich aus ihrem vertrauten Umfeld zu entfernen.

In der kleinen Küchenzeile des Studios bewahrte sie einfache Dinge wie Tee und Snacks auf, um nicht ständig zurück in ihre Wohnung gehen zu müssen. Auch hier hatte sie einige Pflanzen aufgestellt, um dem Raum eine persönliche Note zu geben. Es war der perfekte Arbeitsort, der es ihr ermöglichte, sich auf ihre Kunst zu konzentrieren, während sie gleichzeitig nur wenige Schritte von ihrem privaten Rückzugsort entfernt war.

Es war eine dieser stillen Morgenstunden, in denen die Welt noch zu schlafen schien. Aurelia saß auf ihrem kleinen Balkon, während die ersten Sonnenstrahlen des neuen Tages über die Dächer Berlins krochen und die Luft angenehm frisch war. Vor ihr stand eine dampfende Tasse Kaffee, und ihre Kamera lag daneben auf dem Tisch. Die Ereignisse der vergangenen Nacht gingen ihr durch den Kopf, auch das zwei Wochen zurückliegende Ausstellungs-Ereignis, als sie Leonard Falkenstein zum ersten Mal in ihrem Leben getroffen hatte – die elegante Galerie, die Gespräche, die Menschen – all das hallte noch immer in ihr nach.

Aurelia nahm ihre Kamera zur Hand und scrollte durch die Bilder, die sie an jenem Abend gemacht hatte, und ließ die Ereignisse noch einmal Revue passieren. Jedes Foto erzählte eine Geschichte, füllte den Raum mit dem Glanz der Kunstwerke und den lebhaften Momenten der Gäste, die diese bewunderten. Aurelia war zufrieden mit den Aufnahmen; sie hatte den perfekten Moment eingefangen – die Textur der Gemälde, die feine Balance von Licht und Schatten, das Spiel der Farben auf den Gesichtern der Besucher. Und doch, obwohl sie ihre Arbeit erledigt hatte, schwirrten ihre Gedanken weiter. Die Presse hatte ihre Aufnahmen wohlwollend gekauft und abgedruckt und Leonard hatte für seine Archive alle Fotos gekauft.

Sie dachte über ihn nach. Leonard war anders, als sie es sich vorgestellt hatte. Seine Art, sich zu bewegen, zu sprechen – es hatte etwas an ihm gegeben, das sie nicht losließ. Nicht nur die äußere Eleganz, sondern die Art, wie er über Kunst gesprochen hatte, wie er sie angesehen hatte, als ob er etwas Tieferes in ihr gesehen hätte, als das, was sie selbst von sich zeigte.

Aurelia nahm einen Schluck Kaffee und ließ ihren Blick über die Dächer schweifen. Sie hatte schon lange nicht mehr so intensiv über jemanden nachgedacht – und dieser Gedanke beunruhigte sie ein wenig. War sie beeindruckt? Oder verwirrt? Sie wusste es nicht genau. Die Nähe zu Leonard und die Art, wie er ihr Komplimente gemacht hatte, war auf eine seltsame Weise professionell, aber auch persönlich. Wie eine verborgene Spannung, die sie nicht benennen konnte. Die kühle Luft des Morgens tat gut, aber sie brachte ihr keine Klarheit über ihre Gefühle.

Ihre Gedanken wurden von einem leisen Vibrieren unterbrochen. Ihr Handy, das auf dem Tisch lag, begann zu leuchten. Als sie den Namen auf dem Display sah, spürte sie, wie sich ein Hauch von Sorge in ihrem Magen ausbreitete: Onkel Oliver.

Sofort nahm sie den Anruf entgegen. Ihre Finger zitterten leicht, als sie das Telefon an ihr Ohr hielt. „Onkel Oliver! Wie geht es dir?" Ihre Stimme klang fröhlicher, als sie sich in diesem Moment fühlte. Seit Wochen machte sie sich Sorgen um ihn, auch wenn er immer behauptete, es sei alles in Ordnung.

„Ah, Aurelia", kam seine Stimme, leicht heiser und angestrengt, durch die Leitung. Es war die Art von Ton, die einem Menschen entweicht, der versucht, eine Schwäche zu verbergen. „Es freut mich, deine Stimme zu hören."

Aurelia spürte, wie sich ihre Sorgen verstärkten. Sie konnte hören, dass er nicht so klang wie sonst. „Wie fühlst du dich?" fragte sie besorgt, während sie nervös mit den Fingern über die Tasse fuhr.

Onkel Oliver hatte in letzter Zeit immer wieder gesundheitliche Probleme gehabt. Obwohl er es herunterspielte, war ihr klar, dass es ihm schlechter ging, als er zugeben wollte.

„Ach, du weißt doch, das Alter lässt sich nicht aufhalten", sagte er mit einem leichten Husten, den er zu unterdrücken versuchte. Es folgte eine Pause, bevor er erneut sprach. „Ich mache mir keine großen Sorgen. Aber ich sollte wohl ein wenig kürzer treten."

„Onkel Oliver, du musst auf dich aufpassen", sagte Aurelia streng, wobei sie versuchte, den besorgten Ton aus ihrer Stimme herauszuhalten. „Wenn es dir nicht gut geht, musst du dich ausruhen. Versprich mir, dass du zum Arzt gehst."

Onkel Oliver lachte leise, doch sein Lachen klang müde und angestrengt. „Ich weiß, ich weiß", beruhigte er sie. „Aber darüber wollte ich eigentlich gar nicht sprechen. Es gibt da etwas anderes, das dir vielleicht mehr Kopfzerbrechen bereiten könnte."

Aurelia zog überrascht die Augenbrauen hoch. „Was meinst du?" fragte sie neugierig, während sie ihren Kaffee beiseite stellte. Onkel Oliver hatte oft ein Gespür für Dinge, die andere übersahen. Wenn er sagte, dass etwas nicht stimmte, dann nahm sie das ernst.

Onkel Oliver zögerte kurz, als würde er seine Worte sorgfältig wählen. „Dieses Gemälde, das du bei der Ausstellung in der Galerie von Leonard Falkenstein fotografiert hast – das mit der *Frau am Teich.*"

Aurelia lehnte sich in ihrem Stuhl zurück und erinnerte sich sofort an das Werk. Es war eines der beeindruckendsten in der Ausstellung gewesen, fast hypnotisch in seiner Detailgenauigkeit und der Zärtlichkeit, mit der die Frau in der Natur dargestellt worden war. „Ja, ich erinnere mich", sagte sie langsam. „Es hat mich wirklich beeindruckt."

„Nun", begann Onkel Oliver zögernd, und sie konnte hören, wie er tief durchatmete, bevor er weitersprach. „Ich habe verschiedene Gerüchte gehört. Ob es echt ist."

Aurelia stutzte. Sie richtete sich auf und spürte, wie sich ein ungutes Gefühl in ihrer Brust ausbreitete. „Was für Gerüchte denn?"

wiederholte sie ungläubig. „Du meinst, es könnte eine Fälschung sein?"

„Das ist nicht sicher", sagte Onkel Oliver, seine Stimme jetzt ernst und leise. „Aber es gibt Experten, die Zweifel an der Authentizität des Gemäldes haben. Es wird behauptet, dass es möglicherweise zu einem bestimmten Zeitpunkt ausgetauscht wurde. Und wenn das stimmt, dann sprechen wir hier von einem bedeutenden Skandal."

Aurelia lehnte sich wieder zurück, starrte in die Ferne und versuchte, die Worte zu verarbeiten. Sie erinnerte sich an die feinen Pinselstriche, die präzise Beleuchtung und die Atmosphäre des Gemäldes. Sie hatte sich zwar wenig mit Gemälden auseinandergesetzt, aber dass dieses Werk, die *Frau am Teich* etwas Außergewöhnliches war, das hatte sie sofort bemerkt. Wie konnte so ein beeindruckendes Werk eine Fälschung sein? Es wirkte so lebendig, so echt – als wäre die Seele des Künstlers in die Leinwand geflossen.

„Warum sollte jemand so etwas tun?" fragte sie leise, fast mehr zu sich selbst als zu Onkel Oliver.

„Es geht immer um Geld, meine Liebe", sagte Onkel Oliver mit einer sanften, aber nachdenklichen Stimme. „Diese Werke sind Millionen wert. Die Kunstwelt ist kompliziert – nicht alles ist so, wie es scheint. Manchmal werden selbst die besten Experten getäuscht."

Aurelia runzelte die Stirn und dachte nach. „Und du denkst, Leonard Falkenstein weiß davon?" fragte sie vorsichtig. Der Gedanke, dass Leonard in einen solchen Skandal verwickelt sein könnte, war schwer zu fassen. Er hatte so aufrichtig gewirkt, so leidenschaftlich in seiner Rolle als Galerist.

„Das kann ich nicht sagen", erwiderte Onkel Oliver. „Vielleicht weiß er es, vielleicht nicht. Aber ich wollte, dass du es weißt. Leonard Falkenstein ist eine beeindruckende Persönlichkeit, aber ..."

Aurelia schwieg eine Weile und ließ seine Worte auf sich wirken. Onkel Oliver hatte ein unfehlbares Gespür für solche Dinge. Wenn er sagte, dass es Zweifel gab, dann musste sie dem nachgehen. „Danke, dass du mir Bescheid gesagt hast", sagte sie schließlich und spürte eine neue Welle von Unsicherheit in sich aufsteigen. „Ich werde ein Auge darauf haben."

„Pass einfach auf dich auf", sagte Onkel Oliver sanft, und sie konnte hören, wie er erneut leicht hustete. „Ich möchte nicht, dass du in etwas hineingezogen wirst, das du nicht kontrollieren kannst."

Aurelia senkte den Blick auf den Boden und spürte eine Mischung aus Besorgnis und Pflichtgefühl. „Onkel Oliver", begann sie zögernd, „wie geht es dir wirklich? Du klingst nicht gut." Sie wusste, dass er nicht gerne über seine Gesundheit sprach, aber diesmal konnte sie nicht anders, als nachzufragen.

Eine kurze Stille folgte, dann kam seine Stimme leise und erschöpft zurück. „Ach, ich bin alt geworden, Aurelia. Die Jahre machen sich bemerkbar. Ich muss ein bisschen langsamer machen, aber mach dir keine Sorgen. Ich habe alles im Griff."

Doch Aurelia konnte den besorgten Knoten in ihrem Magen nicht loswerden. Sie wusste, dass er versuchte, stark zu wirken, doch etwas in seiner Stimme klang anders, verletzlicher. „Du solltest wirklich zum Arzt gehen", sagte sie eindringlich. „Versprich mir das."

Onkel Oliver lachte leise, doch es klang müde. „Ich werde es mir überlegen, versprochen. Aber für den Moment konzentriere dich auf deine Arbeit. Ich bin stolz auf dich, Aurelia. Du machst das großartig."

Aurelia lächelte, auch wenn ihre Sorgen nicht ganz verschwanden. „Danke, Onkel Oliver. Und pass du bitte auch auf dich auf, ja?"

„Das werde ich, mein Kind. Wir müssen uns so bald wie möglich wieder mal sehen."

Als sie den Anruf beendete, blieb Aurelia noch eine Weile auf dem Balkon sitzen und starrte gedankenverloren in die Ferne. Die frische Morgenluft umhüllte sie, doch sie konnte die Anspannung nicht abschütteln. Die Gerüchte über das Gemälde schwirrten in ihrem Kopf, doch es war die Sorge um Onkel Olivers Gesundheit, die sie nicht losließ. Sie wusste, dass er stark war, aber irgendetwas in seinem Tonfall beunruhigte sie zutiefst.

„Ich muss ihn bald besuchen", dachte sie leise. Doch bevor sie das tun konnte, musste sie herausfinden, was es mit diesem Gemälde auf sich hatte. War es eine Fälschung? Und falls ja, wusste Leonard davon?

Kapitel 7:

Ein endgültiger Abschied

Es war einer dieser trüben Herbsttage, an denen der Himmel grau und schwer über der Stadt hing, als hätte er sich mit der Trauer der Menschen verbündet. Der Regen fiel in dünnen, gleichmäßigen Tropfen, die in Aurelias Haar und auf den Griff ihres Regenschirms prasselten, während sie auf dem kleinen Friedhof stand. Die Welt um sie herum schien still zu sein, nur unterbrochen vom gleichmäßigen, monotonen Rauschen des Regens, der die Straßen und Gräber in einen schimmernden Schleier hüllte.

Neben ihr stand Mia, die wie immer versuchte, ihre beste Freundin zu unterstützen. Doch heute fühlte sich selbst Mias Nähe ein wenig fern an. Sie konnte den Schmerz, den Aurelia verspürte, wahrscheinlich erahnen, aber vielleicht nicht wirklich teilen. Onkel Oliver war nicht nur ihr Onkel gewesen, er war Aurelias Stütze, ihr Vertrauter, eine Art Vaterfigur seit dem schrecklichen Tag, als ihre Eltern bei einem Autounfall ums Leben gekommen waren. Aurelia hatte ihn geliebt, nicht nur wegen der

Fürsorge, sondern weil er ihr so viel von der Welt gezeigt hatte – von Fotografie, Literatur und dem Leben selbst.

Jetzt war er fort, und diese Erkenntnis hinterließ eine Trauer in ihr, die der stetige Regen natürlich nicht wegwaschen konnte.

„Es tut mir so leid, Aurelia", sagte Mia leise und legte ihr sanft eine Hand auf den Arm. Ihre Stimme war weich und mitfühlend, doch sie wagte es nicht, mehr zu sagen. Sie wusste offensichtlich, dass es in einem Moment wie diesem keine Worte gab, die die Schwere des Verlustes mildern konnten. Aurelia hatte einen Menschen verloren, der für sie unersetzlich war.

Aurelia nickte stumm, unfähig zu sprechen, denn ihre Kehle war wie zugeschnürt. Seit Tagen hatte sie versucht, ihre Gefühle unter Kontrolle zu halten, sich in die Organisation der Beerdigung zu stürzen, um nicht zu viel nachdenken zu müssen. Doch jetzt, in diesem Moment, als die letzte Handvoll Erde auf das Grab geworfen worden war, schien der Kummer übermächtig. Er brach wie eine Flutwelle in ihr auf und drohte, sie mit sich zu reißen.

Die Beerdigung war schlicht gewesen – genau so, wie Onkel Oliver es gewollt hätte. Keine großen Reden, kein Aufhebens, nur stille, ehrliche Trauer im Kreise der engsten

Freunde. Aurelia hatte die leisen Worte der anderen kaum wahrgenommen, die Umarmungen fühlten sich wie durch einen Nebel an. Der Schmerz über seinen Verlust schnitt tiefer, als sie es sich vorgestellt hatte. Es fühlte sich an, als hätte sie nicht nur einen geliebten Menschen verloren, sondern auch einen Teil von sich selbst.

Die anderen Trauergäste hatten sich bereits allmählich auf den Heimweg gemacht, doch Aurelia blieb. Sie wollte noch einen letzten Moment allein am Grab verweilen, bevor sie sich der Realität wieder stellen musste. Der Regen prasselte nun stärker, doch sie achtete nicht darauf. Ihr Körper fühlte sich kalt und schwer an, doch sie konnte sich nicht von der Stelle rühren.

Langsam ließ sie sich auf die Knie sinken und berührte mit zitternden Fingern die kühle, feuchte Erde, die das Grab bedeckte. Die Nässe der Erde sickerte in ihre Haut, doch sie spürte es kaum. Es war, als würde die Erde sie mit dem Schmerz verbinden, den sie in sich trug.

„Danke für alles, Onkel Oliver", flüsterte sie, ihre Stimme kaum mehr als ein Hauch im Geräusch des Regens. „Ich werde dich nie vergessen." Die Tränen liefen ihr unaufhaltsam über die Wangen, vermischten sich mit dem Regen, und für einen Moment war es ihr egal, wer sie sehen könnte.

Sie blieb noch einen Moment, die Hand auf der feuchten Erde ruhend, bevor sie langsam aufstand und den Blick zum Himmel hob. Der Himmel war grau und endlos, und sie fühlte sich verloren in diesem Meer aus Trauer und Schmerz. Es war, als hätte sie ein Stück ihrer eigenen Geschichte verloren – die Person, die immer für sie da gewesen war, die ihr gezeigt hatte, was wirklich wichtig war im Leben. Doch jetzt war er weg, und sie stand allein in dieser neuen Realität.

Ein paar Tage nach der Beerdigung wurde Aurelia zu einem Termin beim Notar gebeten. Mia bestand darauf, sie zu begleiten, denn sie wusste, dass Aurelia diese Aufgabe schwerfallen würde. Der Gedanke, dass Onkel Olivers Leben nun nur noch in Papieren und Gegenständen bestand, war kaum zu ertragen. Ein mögliches Erbe anzutreten, fühlte sich falsch an, und doch wusste Aurelia, dass es getan werden musste.

Der Notar, ein älterer Mann mit grauem Haar und einer Lesebrille, begrüßte sie höflich, aber distanziert. Er schien den Ernst der Situation zu verstehen und ging ruhig und sachlich vor, während er Aurelia und Mia Platz anbot. Auf dem Tisch vor ihm lagen einige Papiere ordentlich gestapelt, die wohl die letzten offiziellen Überbleibsel von Onkel

Olivers Leben darstellten.

„Frau Sternberg", begann er förmlich, während er sich setzte, „Ihr Onkel hat Ihnen eine kleine Erbschaft hinterlassen. Es handelt sich um ein bescheidenes Geldvermögen sowie einige persönliche Gegenstände aus seiner Wohnung, die er Ihnen ausdrücklich vermacht hat."

Aurelia nickte. Das Geld interessierte sie nicht. Es war nicht das Materielle, das sie an Onkel Oliver gebunden hatte. Es waren die Erinnerungen, die Gespräche, die gemeinsamen Momente. Doch die Vorstellung, seine persönlichen Dinge noch einmal durchzugehen, machte ihr Herz schwer. Sie hatte das Gefühl, als würde sie in die letzten Überbleibsel eines Lebens eindringen, das ihr so viel bedeutet hatte.

„Ich nehme an, Sie wissen, dass die Wohnung, in der Ihr Onkel lebte, eine Mietwohnung war", fuhr der Notar fort. „Da er keine weiteren nahen Verwandten hat, fällt die Wohnung nun zurück an den Vermieter. Sie haben jedoch einige Zeit, um sie zu räumen und persönliche Gegenstände zu sichern."

Aurelia nahm die Schlüssel entgegen, die der Notar ihr überreichte. Sie fühlten sich kalt in ihrer Hand an, wie ein Symbol für das Ende eines Kapitels, das sie nie hatte schließen wollen. „Ich verstehe. Vielen Dank", sagte sie leise, obwohl sie das Gefühl hatte, in diesem Moment nicht viel zu verstehen. Alles war wie ein schwerer Nebel, der sich über ihre Gedanken legte.

Als sie das Notariat verließen, legte Mia ihr sanft eine Hand auf den Arm. Ihre Augen waren voll Mitgefühl. „Soll ich mitkommen, wenn du die Wohnung ausräumst?" fragte sie vorsichtig. „Ich weiß, wie schwer das für dich sein muss."

Aurelia lächelte schwach, dankbar für Mias ständige Unterstützung, aber sie spürte, dass dies ein Moment war, den sie allein durchstehen musste. „Danke, Mia", sagte sie sanft. „Aber ich glaube, ich möchte das allein tun. Ich brauche einen Moment für mich, um mich zu verabschieden."

Mia nickte verständnisvoll und drückte kurz ihre Hand. „Ich verstehe. Aber wenn du mich brauchst, bin ich da."

Aurelia nickte, und gemeinsam gingen sie in die kühle, regnerische Herbstluft hinaus. Doch während Mia sich verabschiedete, wusste Aurelia, dass die wahre Abschiedsszene noch bevorstand – in der leeren Wohnung ihres Onkels, die noch die Spuren seines Lebens trug.

Ein paar Tage später stand Aurelia schließlich vor der Tür von Onkel Olivers

Wohnung. Die Schlüssel fühlten sich schwer in ihrer Hand an, als sie sie ins Schloss steckte und die Tür öffnete. Die Wohnung war genau so, wie sie sie in Erinnerung hatte, und doch war alles anders. Die Stille empfing sie mit kalter Distanz, ohne das vertraute Rascheln der Zeitung, das sie sonst immer begrüßt hatte, wenn sie zu Besuch gekommen war. Kein Lächeln, kein herzliches „Setz dich, mein Kind", das sie so sehr vermissen würde.

Langsam schritt sie durch die Zimmer, als würde sie eine letzte, stille Wanderung durch Onkel Olivers Leben unternehmen. Die Bücher in den Regalen, die alten Fotos auf dem Kaminsims – alles erinnerte sie daran, wie er ihr das Lesen beigebracht hatte, wie er ihr Geschichten vorgelesen und sie in die Welt der Kunst eingeführt hatte. Jeder Gegenstand schien seine eigene Geschichte zu erzählen, eine Geschichte, die jetzt nur noch in Aurelias Erinnerung weiterlebte.

Mit zitternden Händen begann sie, die Sachen zu sichten. Die meisten Dinge hatten keinen großen materiellen Wert, aber für Aurelia waren sie voller Bedeutung. Alte Briefe, Fotos von ihrer Kindheit, Notizbücher mit Onkel Olivers Handschrift. Sie packte die Dinge vorsichtig in Kartons, die sie mitnehmen würde. Es fühlte sich an, als würde sie Stück für Stück das Leben eines geliebten Menschen einpacken, wohl wissend, dass sie dieses Leben nie wieder so nah bei sich haben würde.

Doch dann, als sie das letzte Bücherregal durchging, stieß sie auf einen Karton, der mit „Für Aurelia" beschriftet war. Ihr Herz begann schneller zu schlagen, als sie ihn mit zitternden Fingern öffnete.

Im Inneren fand sie einen kurzen Brief. Onkel Olivers Handschrift war vertraut, doch in diesem Moment wirkte sie wie ein Echo aus einer fernen Vergangenheit.

„Meine liebe Aurelia", las sie, „es gibt noch so viel, das du entdecken musst. Ich habe dir etwas hinterlassen, das dir dabei helfen wird, die Wahrheit zu finden. In diesem Karton findest du eine Mappe mit Hinweisen, die mir lange Kopfzerbrechen bereitet haben. Nun ist es an dir, sie zu entschlüsseln. Sei vorsichtig, und vergiss nicht, dass ich immer an deiner Seite bin – egal, wo ich bin. Dein Onkel Oliver."

Aurelia hielt den Brief in der Hand und spürte, wie eine Mischung aus Trauer, Neugier und Entschlossenheit in ihr aufstieg. Was meinte er mit der „Wahrheit"? Sie wusste nicht, was sie erwarten sollte, doch eines war sicher: Onkel Oliver hatte ihr noch eine letzte Aufgabe hinterlassen.

Und sie war entschlossen, sie zu erfüllen.

Kapitel 8:

Die mysteriöse Mappe

Aurelia saß auf dem Boden von Onkel Olivers kleinem, fast leeren Arbeitszimmer. Die Geräusche der Welt um sie herum schienen zu verschwinden, während sie in das Schweigen der Erinnerung eintauchte. Der Raum war erfüllt von der Art von Stille, die entsteht, wenn das Leben eines Menschen in Kartons verpackt und aufgelöst wird. Um sie herum stapelten sich Bücher, Fotos, alte Briefe und Erinnerungsstücke, Dinge, die einmal das Leben ihres Onkels geformt hatten, die nun jedoch nur noch als Spuren eines vergangenen Daseins übrig waren. Doch heute war es nicht die Leere des Raumes, die ihre Aufmerksamkeit fesselte.

In ihren Händen hielt sie eine ledergebundene Mappe, die sie im Karton gefunden hatte. Das Leder fühlte sich rau und spröde an, und die Ecken waren abgenutzt – ein Zeichen, dass diese Mappe oft in Gebrauch gewesen war. Sie lag schwer in ihren Händen, als ob sie das Gewicht eines ungelösten Rätsels trug, das ihr Onkel nicht mehr entschlüsseln konnte. Und jetzt, so schien es, hatte sie diese vertraute Bürde übernommen.

Aurelia starrte auf die Mappe, als wäre sie ein geheimer Schlüssel zu einer verborgenen Welt. Ihr Herz schlug schneller, und ein Gefühl der Unruhe breitete sich in ihrer Brust aus. Sie hatte nicht erwartet, in den Überresten von Onkel Olivers Leben etwas Bedeutsames zu finden. Die letzten Tage waren mit Trauer gefüllt gewesen, doch dieses Artefakt fühlte sich anders an – als ob es ein Teil seines Erbes war, das sie noch nicht verstanden hatte.

„Es gibt noch so viel, das du entdecken musst …"

Diese Worte aus dem Brief, den sie in jenem Karton auf dem Regal gefunden hatte, hallten in ihren Gedanken wider. Ihre Finger zitterten leicht, als sie die Schnalle der Mappe löste und sie endlich aufschlug. Das Geräusch des sich öffnenden Leders klang in der Stille des Raumes fast wie ein Flüstern, ein Echo aus der Vergangenheit, das ihr eine Nachricht übermittelte, die sie entschlüsseln musste.

Der erste Blick in die Mappe ließ sie erkennen, dass der Inhalt mehr war als nur eine Sammlung von Notizen und Dokumenten. Hier hatte Onkel Oliver offensichtlich jahrelang recherchiert, verschiedenste Spuren zusammengetragen, Hinweise verfolgt – und alles drehte sich um einen Namen: Samuel Carroway.

Aurelias Augen weiteten sich, als sie den Namen las. Er war ihr nicht unbekannt, schließlich hatte sie den Namen auf dem kleinen Schildchen gelesen, das neben der *Frau am Teich* in Leonard Falkensteins Galerie hing: Es handelte sich um den Künstler aus dem 19. Jahrhundert, der das Gemälde geschaffen hatte – ein Name, den sie auch auf der Ausstellungseröffnung gehört hatte, aber ohne darauf zu achten. Jetzt aber tauchte er in den Aufzeichnungen ihres Onkels auf, ein Künstler des 19. Jahrhunderts, um den sich offenbar mehr drehte, als es auf den ersten Blick schien.

Sie zog eine der Notizen hervor, die Onkel Oliver in seiner klaren, ordentlichen Handschrift verfasst hatte. Die Buchstaben wirkten vertraut, als ob Onkel Oliver direkt mit ihr sprach:

„Samuel Carroway – britischer Künstler des 19. Jahrhunderts. Berühmt für seine Landschaften und Porträts. Geheimnisvolle Frau auf mehreren seiner Werke, stets von hinten dargestellt. Wer war sie? Verbindung zu Lady Elizabeth Sinclair? Fälschungen?"

Aurelia starrte auf die Worte, als ob sie das Geheimnis bereits erahnen könnte. Fälschungen? Warum war Onkel Oliver an einem Künstler interessiert, der seit mehr als einem Jahrhundert tot war? Was hatte dieser mysteriöse Samuel Carroway mit der Gegenwart zu tun? Onkel Oliver war ein renommierter Kunstkritiker und -journalist gewesen, ein Mann, dessen scharfe Beobachtungen und tiefes Wissen über Kunstgeschichte ihn zu einer angesehenen Figur in der internationalen Kunstwelt gemacht hatten. Er war bekannt dafür, tief in die Geschichten hinter den Kunstwerken einzutauchen, oft auf der Suche nach verborgenen Geheimnissen oder unerzählten Anekdoten, die selbst die Künstler von heute beeinflussen könnten.

Als Kunstjournalist hatte er für diverse nationale und internationale Magazine und Zeitungen geschrieben. Sein Name war in Publikationen wie „The Art Connoisseur", „Art International" oder „The Critique" oft zu finden gewesen, wo er über Ausstellungen, Kunstmessen und Auktionen berichtet hatte. Doch seine wahre Leidenschaft hatte immer der Aufdeckung historischer Geheimnisse in der Kunstwelt gegolten – verlorene Gemälde, mysteriöse Kunstsammlungen, unentdeckte Meisterwerke oder sogar mögliche Fälschungen.

Aurelia erinnerte sich, wie oft er über Fälschungen gesprochen hatte. „Manchmal", hatte er gesagt, „erzählen Fälschungen eine Geschichte, die genauso faszinierend ist wie die

Originale. Sie enthüllen die Schattenseiten der Kunstwelt, die Machtkämpfe um Prestige und Reichtum." Und sie erinnerte sich daran, wie er sie bestärkt hatte, sich der Fotografie zuzuwenden: „Fotografieren ist besser als Malen – du kannst die Wahrheit nicht fälschen, nur festhalten, wie sie ist." Diese Worte hatten sie immer begleitet.

Aber warum war Onkel Oliver an einem Künstler wie Samuel Carroway interessiert, der seit langer Zeit tot war? Warum hatte er so viel Zeit damit verbracht, diesen speziellen Maler zu erforschen? Das Geheimnis der Mappe und die Notizen über Fälschungen deuteten darauf hin, dass Onkel Oliver vielleicht etwas entdeckt hatte – etwas, das die Kunstwelt erschüttern könnte. Vielleicht ging es nicht nur um Fälschungen, sondern um ein größeres Geheimnis, das mit Carroways Werk und dem Gemälde *Frau am Teich* verbunden war.

Während sie weiterblätterte, fielen ihr einige Zeitungsausschnitte ins Auge. Sie waren sorgfältig zwischen den Notizen platziert, fast wie Puzzleteile, die darauf warteten, zusammengesetzt zu werden. Einer der Ausschnitte war besonders alt und verfärbt, aus der Times, jener Zeitung, die auch schon im 19. Jahrhundert eine der renommiertesten und am weitesten verbreiteten Zeitungen war.

Die Times hatte schon damals regelmäßig über wichtige gesellschaftliche Ereignisse, darunter auch über Kunstskandale, politische Angelegenheiten und gesellschaftliche Entwicklungen berichtet. Die Schlagzeile des Artikels lautete auf Englisch: „Carroway painting disappears – art scandal rocks London." Aurelia übersetzte schnell, ihre guten Englisch-Kenntnisse verdankte sie einem Sprachaufenthalt in England während ihres Studiums, zu dem Onkel Oliver sie eingeladen hatte: Ein Carroway-Gemälde war verschwunden, der Kunstskandal hatte London erschüttert.

Aurelia runzelte die Stirn und las den Artikel konzentriert durch. Der Artikel beschrieb, wie es im späten 19. Jahrhundert zu einem großen Kunstraub gekommen war, bei dem mehrere Originalwerke von Samuel Carroway gestohlen worden waren. Viele dieser Gemälde galten seitdem als verschollen, und es wurde spekuliert, dass Fälschungen in den Handel gelangt waren. Die Kunstwelt war damals erschüttert worden, und es gab Hinweise, dass einige der gestohlenen Werke noch immer im Umlauf waren, möglicherweise getarnt als Originale.

„Wenn das wahr ist", dachte Aurelia laut, „dann könnte das Gemälde, das ich in Leonards Galerie fotografiert habe, tatsächlich eine

Fälschung sein." Ihre Gedanken rasten, während sie versuchte, die Verbindung herzustellen. Die *Frau am Teich*, die sie so bewundert hatte, war offenbar eines der berühmten Werke von Carroway. Aber könnte es sein, dass das, was sie in der Galerie gesehen hatte, nichts weiter als eine perfekte Kopie war? Ein Kunstwerk, das eine Lüge verbarg?

Sie schlug eine weitere Seite auf und entdeckte eine Skizze. Ihre Augen weiteten sich erneut, als sie erkannte, was sie vor sich hatte.

Es war das Gemälde *Frau am Teich*, das sie in der Galerie von Leonard Falkenstein fotografiert hatte. Jedes Detail, von der Haltung der Frau bis hin zu den Falten in ihrem Kleid. Daneben stand in Onkel Olivers Handschrift: „Fälschung? Wo ist das Original?"

Aurelias Herz begann schneller zu schlagen. Die Möglichkeit, dass das Gemälde, das sie gesehen hatte, eine Fälschung war, ließ ihre Gedanken wirbeln. Leonard – konnte er davon gewusst haben? War er selbst betrogen worden, oder war er möglicherweise Teil eines viel größeren Kunstskandals, der sich über einen Zeitraum von mehr als einem Jahrhundert erstreckte?

Ihr Verstand arbeitete fieberhaft, während sie durch die Mappe blätterte. Schließlich fand sie einen Artikel, den ihr Onkel vor Jahren in einem Kunstmagazin gefunden hatte.

„*Lady Elizabeth Sinclair – Eine faszinierende Persönlichkeit des 19. Jahrhunderts.*

Lady Elizabeth Sinclair war eine außergewöhnliche Frau, die im 19. Jahrhundert lebte und in den höchsten gesellschaftlichen Kreisen Englands verkehrte. Geboren in eine angesehene Familie, genoss sie eine privilegierte Erziehung und wuchs inmitten von Luxus und Kultur auf.

Als unverheiratete Frau führte Lady Elizabeth ein unabhängiges Leben, was zu dieser Zeit ungewöhnlich war. Sie war bekannt für ihre außergewöhnliche Schönheit, ihre Anmut und ihren charmanten Charakter, die sie zu einer begehrten Dame der Gesellschaft machten. Ihr feiner Geschmack und ihre Raffinesse ließen sie in den Salons und bei gesellschaftlichen Veranstaltungen glänzen.

Doch Lady Elizabeth war nicht nur eine reine Gesellschaftsdame. Sie war auch von Kunst und Kultur fasziniert und entwickelte eine tiefe Leidenschaft für die bildenden Künste. Sie galt als eine bedeutende Mäzenin und unterstützte zahlreiche aufstrebende Künstler ihrer Zeit. Ihre Liebe zur Kunst führte sie dazu, eine umfangreiche Kunstsammlung anzulegen und sich intensiv mit den Werken von Samuel Carroway auseinanderzusetzen.

Lady Elizabeth zeichnete sich durch ihre Intelligenz, ihren scharfen Verstand und ihre Offenheit für neue Ideen aus. Viele Menschen bewunderten ihre Schönheit, doch sie war mehr als nur ein äußeres Erscheinungsbild, sie war eine Frau mit einer tiefen Leidenschaft für die schönen Künste und einem unersättlichen Wissensdurst.

Der genaue Verlauf von Lady Elizabeths Leben und auch ihre Faszination von den Werken Samuel Carroways blieben ein Geheimnis, das die Menschen bis heute fasziniert. Die wenigen Informationen, die über sie existieren, lassen darauf schließen, dass sie eine geheimnisvolle und einzigartige Persönlichkeit war, deren Einfluss auf die Kunstwelt ihrer Zeit nicht zu unterschätzen ist. Man nimmt an, dass die Familie Sinclair darauf bedacht war, so wenig wie möglich über Lady Elizabeth an die Öffentlichkeit gelangen zu lassen. Die Gründe dafür sind nicht bekannt."

Es war, als hätte Onkel Oliver die Puzzleteile vorbereitet, und Aurelia musste sie nun zusammensetzen. Die mysteriöse Frau auf dem Gemälde Carroways, nicht erkennbar und nur von hinten dargestellt – es musste einen Grund geben, warum Carroway ihr Gesicht verborgen hatte. Und diese Frau, so vermutete Onkel Oliver offenbar, war Lady Elizabeth Sinclair, eine Aristokratin, die in der Londoner High Society des 19. Jahrhunderts verkehrte.

Doch warum hatte Carroway sie nie von vorn gemalt? Warum blieb ihre Identität ein Geheimnis? Und wie passte diese Idee einer Fälschung in die Geschichte?

Aurelia stand auf und ging nervös im Raum auf und ab, die Mappe in der Hand. Die Luft im Raum schien plötzlich schwerer zu werden, als ob die Vergangenheit sie erdrücken wollte. Sie fühlte die Bürde der Verantwortung, die ihr

Onkel ihr hinterlassen hatte, wie eine Last auf ihren Schultern. Onkel Oliver hatte versucht, die Wahrheit herauszufinden, doch er war gescheitert. Nun lag es an ihr, seine Arbeit zu Ende zu bringen.

Doch während sie auf und ab ging, spürte sie die Unruhe in sich wachsen. Leonard Falkenstein – war er ein unschuldiger Galerist, der nicht wusste, dass er eine Fälschung ausstellte? Oder wusste er genau, was er tat, und spielte ein gefährliches Spiel? Aurelia wollte ihm vertrauen, doch die Hinweise, die sie in der Mappe gefunden hatte, ließen zu viele Fragen offen.

Sie war hin- und hergerissen. Sie hatte eine besondere Verbindung zu Leonard gespürt, doch jetzt begann sie an allem zu zweifeln. War ihre Wahrnehmung von ihm von der Faszination für seine Welt getrübt gewesen? War er doch nicht der integre Mann, für den sie ihn gehalten hatte? Oder war er selbst ein Opfer?

Aurelia spürte, dass sie handeln musste. Sie würde Leonard zur Rede stellen – es gab keinen anderen Weg. Doch sie wusste, dass sie vorsichtig vorgehen musste. Wenn er von der Fälschung wusste, könnte das ihre gerade beginnende Beziehung in Frage stellen. Und wenn er es nicht wusste, dann könnte er in einen Skandal hineingezogen werden, der alles zerstören könnte, was er sich aufgebaut hatte.

Mit einem tiefen Atemzug legte Aurelia die Mappe behutsam auf den Tisch. Sie strich mit den Fingern über das abgenutzte Leder, als ob sie damit die Verbindung zu ihrem Onkel Oliver noch einmal festigen wollte. Er hatte sie auf diese Spur geführt, und nun lag es an ihr, sie weiter zu verfolgen – koste es, was es wolle.

Sie wusste, dass der nächste Schritt entscheidend sein würde.

Kapitel 9:

Die Konfrontation

Bevor sich Aurelia auf den Weg in die Galerie von Leonard Falkenstein machte, suchte sie im Internet nach Informationen über Samuel Carroway. Sie stieß auf eine Biografie, die ein Kunstinteressierter gepostet hatte:

„Samuel Carroway, ein britischer Maler des 19. Jahrhunderts, gilt als einer der talentiertesten und gleichzeitig auch als einer der geheimnisvollsten Künstler seiner Zeit. Bekannt für seine romantischen Landschaften und eindringlichen Porträts, hinterließ er ein künstlerisches Erbe, das bis heute fasziniert, nicht nur wegen der Schönheit seiner Werke, sondern auch wegen der Rätsel und Geheimnisse, die sie umgeben.

Samuel Carroways Vater war Kaufmann, und seine Mutter stammte aus einer einfachen Familie. Bereits als Kind zeigte Samuel eine außergewöhnliche Begabung für das Zeichnen, und seine Eltern förderten sein Talent, soweit ihnen das möglich war. Mit 16 Jahren wurde er dank eines wohlmeinenden Lehrers an die renommierte Royal Academy of Arts in London geschickt, wo er unter der Anleitung berühmter Maler seine Fähigkeiten verfeinerte.

Carroway zeigte eine Vorliebe für die Darstellung der Natur. Die Romantik, die damals die Kunstwelt durchdrang, beeinflusste ihn stark. *Er entwickelte einen einzigartigen Stil, der eine tiefe Verbindung zur Natur und ihren stimmungsvollen Elementen zeigte, ohne dabei den Menschen aus dem Blick zu verlieren. Seine Landschaften waren nie nur Kulisse, sondern trugen eine eigene Geschichte und Symbolik in sich.*

Nach seinem Abschluss an der Royal Academy begann Carroway, regelmäßig in London auszustellen. Seine ersten Werke waren hauptsächlich Landschaftsgemälde, die sich durch ihre melancholische Schönheit und die subtile Verwendung von Licht und Schatten auszeichneten. Die Kritiker lobten ihn als „Poeten der Natur", der die Essenz der englischen Landschaft in seinen Bildern einzufangen wusste.

Doch Carroway fand seine wahre künstlerische Stimme, als er begann, Figuren in seine Landschaften zu integrieren. In seinen bekanntesten Werken taucht häufig eine rätselhafte, von hinten dargestellte Figur auf – eine Frau in eleganten Kleidern, die in einer stillen, nachdenklichen Pose vor einem See oder einem Wald positioniert war. Diese Frauenfigur erregte schnell das Interesse der Kunstwelt, denn trotz ihrer wiederkehrenden Erscheinung blieb ihre Identität ein Geheimnis.

Die Kunstkritiker spekulierten jahrelang über ihre Identität, doch der Maler selbst hatte nichts hinterlassen, das Auskunft geben könnte. Unter anderem kam auch die Vermutung auf, dass es sich bei der Frau möglicherweise um Lady Elizabeth Sinclair handelte, eine britische Aristokratin und Kunstliebhaberin, die im 19. Jahrhundert als Mäzenin tätig war.

Samuel Carroway war mehr als nur ein talentierter Künstler – er war ein Mann, der die

Menschen und die Natur um ihn herum mit einer emotionalen Tiefe wahrnahm, die sich in seinen Gemälden widerspiegelte. Die Geheimnisse um sein Leben und seine Werke machen ihn zu einer der faszinierendsten Figuren der Kunstgeschichte, und sein Vermächtnis lebt in den Geschichten und Legenden weiter, die seine Bilder erzählen."

Die Straßen funkelten in der Abenddämmerung, während Aurelia durch die kühle, feuchte Luft von Berlin ging. Der leichte Regen, der den Asphalt glänzen ließ, spiegelte die schimmernden Lichter der Laternen wider. Doch sie nahm ihre Umgebung kaum wahr. Ihr Herz schlug unruhig, als sie auf die Falkenstein-Galerie zusteuerte. Der Weg dorthin, der ihr doch eigentlich als inspirierende Reise in die Welt der Kunst erscheinen sollte, fühlte sich heute an wie ein Gang ins Ungewisse.

Leonard Falkensteins Galerie, deren elegante Fenster und wohlgeformte Architektur die Kunstwerke dahinter einrahmten, wirkte wie ein Versteck für Geheimnisse, die nur darauf warteten, gelüftet zu werden. Ihr Blick blieb an den beleuchteten Fenstern hängen, hinter denen die Werke Samuel Carroways in sanftem Licht erstrahlten. Die Mappe in ihrer Tasche fühlte sich schwer an, als wäre sie nicht nur voller Papiere und alter Notizen, sondern auch voller

Verantwortung – einer Verantwortung, der sie sich unweigerlich stellen musste.

Aurelia spürte, wie sich ein Gefühl von Schuld in ihr ausbreitete, während sie vor dem Eingang der Galerie stehen blieb. Sie schloss kurz die Augen und atmete tief durch, ihre Finger umklammerten den Riemen ihrer Tasche, als wäre er der einzige Halt, den sie in diesem Moment hatte. War sie bereit, Leonard mit dem zu konfrontieren, was sie entdeckt hatte? Was, wenn er es bereits wusste? Was, wenn er die Wahrheit verbarg und sie nur eine Marionette in einem viel größeren Spiel war? Doch die noch beunruhigendere Frage war: Was, wenn er es nicht wusste? Was, wenn sie jemanden, dem sie zu vertrauen begann, mit einem Schock konfrontierte, der alles, was er aufgebaut hatte, in Frage stellte?

Die Ungewissheit schnürte ihr die Kehle zu. Leonard Falkenstein war kein gewöhnlicher Galerist. Ihre Beziehung zu ihm war nicht mehr nur rein professionell – es war diese unausgesprochene Spannung zwischen ihnen, die ihr Herz in Unruhe versetzte. Konnte sie ihm trauen? Würde er sie verstehen? Oder würde ihre Konfrontation ihre Verbindung unwiderruflich beschädigen?

Aurelia schüttelte leicht den Kopf, als wollte sie diese Gedanken verscheuchen. Das hier ging über ihre persönlichen Gefühle hinaus. Es ging um die Wahrheit. Es ging um Onkel Oliver und die Arbeit, die er sein Leben lang getan hatte. Es war ihr Versprechen an ihn, die Wahrheit ans Licht zu bringen, das sie antrieb. Unabhängig von den Konsequenzen.

Mit einem festen Entschluss öffnete sie die schwere Glastür der Galerie und trat ein. Drinnen umfing sie sofort die Stille des Raumes. Die gedämpfte Beleuchtung ließ die Kunstwerke in einem weichen, goldenen Licht erstrahlen. Jedes Gemälde, jede Skulptur war sorgfältig platziert, um die größte Wirkung zu erzielen. Die Farben schienen zu flüstern, die Formen zu atmen – eine Harmonie, die normalerweise beruhigend auf sie gewirkt hätte. Doch heute war alles anders.

Ihre Augen suchten den Raum ab und blieben schließlich an Leonard hängen, der am anderen Ende der Galerie stand. Er war in ein Gespräch mit einem Gast vertieft, aber als er Aurelia bemerkte, verabschiedete er sich höflich und kam auf sie zu.

„Aurelia", begrüßte er sie mit einem warmen Lächeln, das ihr Herz kurz höher schlagen ließ. „Es ist schön, dich zu sehen. Was bringt dich heute Abend hierher?" Seine Stimme war ruhig, freundlich – aber auch neugierig. Es war offensichtlich, dass er ihre plötzliche Anwesenheit nicht erwartet hatte.

Aurelia schluckte schwer. Ihre Gedanken

wirbelten, und ihre Hände fühlten sich kalt an. Die Worte wollten ihr nicht über die Lippen kommen, als sie sich zwang, ihn anzusehen. Er schien so aufrichtig, so unbeschwert – konnte es wirklich sein, dass er in etwas so Düsteres verwickelt war? Doch dann erinnerte sie sich an die Mappe in ihrer Tasche, an Onkel Olivers klare Handschrift, die auf das hinwies, was sie nicht ignorieren konnte.

Sie zwang sich zu einem schwachen Lächeln, doch ihr Herz raste. „Ich wollte mit dir über etwas Wichtiges sprechen", begann sie, ihre Stimme leise und vorsichtig, als ob sie Angst hätte, das zerbrechliche Vertrauen zwischen ihnen zu zerstören. Sie sah ihm in die Augen, und für einen Moment war da nur Stille zwischen ihnen, bevor sie fortfuhr: „Es geht um das Gemälde *Frau am Teich*."

In Leonards Gesicht trat ein leichtes Stirnrunzeln auf. Sein Lächeln verblasste, und seine Augen wurden ernster. „Was ist mit dem Gemälde?" fragte er, seine Stimme noch immer ruhig, doch Aurelia spürte, dass sich die Spannung im Raum veränderte. Er beobachtete sie genau, als ob er versuchte, aus ihrem Gesichtsausdruck zu lesen, was in ihr vorging.

Aurelia spürte, wie ihre Hände zitterten, als sie die Mappe aus ihrer Tasche zog. Es fühlte sich an, als würde sie eine Grenze überschreiten, eine, die ihre Beziehung zu Leonard unwiderruflich verändern könnte. Doch es gab keinen Weg zurück. „Ich habe etwas gefunden", sagte sie und reichte ihm die Mappe. Ihr Herz klopfte bis zum Hals, als sie fortfuhr: „Mein Onkel hat Nachforschungen über Samuel Carroway und dieses Gemälde angestellt. Er hat Hinweise darauf gefunden, dass es möglicherweise eine Fälschung ist."

Leonards Gesicht verhärtete sich, als er die Mappe entgegennahm. Die Luft schien plötzlich schwerer zu werden, und für einen Moment hielt Aurelia den Atem an, während sie ihn beobachtete. Er blätterte durch die Seiten, seine Stirn tief gefurcht. Das leise Rascheln des Papiers war das einzige Geräusch in der sonst totenstillen Galerie. Es war, als hätte der Raum selbst den Atem angehalten, während die Wahrheit sich langsam entfaltete.

Aurelia konnte ihren Blick nicht von ihm abwenden. Jeder Sekundenbruchteil, in dem Leonard die Dokumente durchsah, kam ihr vor wie eine Ewigkeit. Was würde er sagen? Was würde er denken, wenn er erkannte, was in diesen Seiten stand? War er selbst Opfer einer Intrige? Oder wusste er mehr, als er zugeben wollte?

Nachdem Minuten vergangen waren, die Aurelia wie eine Ewigkeit schienen, schloss Leonard die Mappe langsam und hob den Kopf.

Seine Augen waren jetzt dunkel, ernst – doch nicht wütend. Eher nachdenklich, fast schockiert. Aurelia spürte, wie ihr Herz in ihrer Brust raste, als er endlich sprach.

„Das sind ... schwere Vorwürfe, Aurelia", sagte er leise, fast flüsternd, als würde er die Worte erst begreifen müssen. „Eine Fälschung? Von dem Gemälde *Frau am Teich?*" Seine Stimme war ruhig.

Aurelia nickte, ihre Kehle war trocken. „Die Hinweise, die mein Onkel gesammelt hat, deuten darauf hin", sagte sie, ihre Stimme leise und entschuldigend, doch bestimmt. „Es gibt Berichte über Kunstdiebstähle und Fälschungen von Carroway-Gemälden. Und mein Onkel vermutete, dass das Gemälde, das du ausstellst, möglicherweise nicht das Original ist."

Leonard sah auf die Mappe, die nun auf einem kleinen Tisch lag, und fuhr sich nachdenklich mit der Hand durch das Haar. Er wirkte wie jemand, der versucht, ein Bild vor seinen Augen neu zu ordnen, ein Bild, das gerade auseinandergebrochen war. „Ich habe dieses Gemälde aus einer vertrauenswürdigen Quelle erhalten", sagte er schließlich, seine Stimme war ruhig, aber es klang, als versuche er, sich selbst zu überzeugen. „Ich hatte nie Grund, an seiner Echtheit zu zweifeln."

Aurelia spürte einen Hauch von

Erleichterung, doch gleichzeitig blieb die Unsicherheit bestehen. War Leonard unschuldig? Oder war er einfach ein geschickter Lügner? Die Art, wie er jetzt sprach, ließ sie hoffen, dass er die Wahrheit nicht kannte. Doch die leise Sorge nagte immer noch an ihr: Konnte sie sich wirklich sicher sein?

„Es tut mir leid, dass ich das so aufbringe", sagte Aurelia schließlich, ihre Stimme war zögerlich, fast entschuldigend. „Aber ich musste es dir sagen. Es geht hier nicht nur um die Ausstellung, sondern auch um die Arbeit meines Onkels. Er hat viele Jahre damit verbracht, die Wahrheit über diese Gemälde herauszufinden."

Leonard sah ihr in die Augen, und für einen Moment schien es, als würde die Welt um sie herum stillstehen. Er nickte langsam, als ob er das Gewicht ihrer Worte begriff. „Absolut in Ordnung, Aurelia", sagte er schließlich. „Du hast das Richtige getan."

Aurelia hielt den Atem an, als seine Augen sie durchdringend ansahen. Es war, als würde er versuchen, in ihrem Gesicht zu lesen, ob sie ihm die ganze Wahrheit gesagt hatte. Und dann sprach er weiter, seine Stimme war ruhiger, entschlossen: „Ich werde das Bild untersuchen lassen. Wenn es Zweifel an der Echtheit dieses Gemäldes gibt, dann muss das geklärt werden. Ich will die Wahrheit genauso sehr wie du. Es geht um den Ruf meiner Galerie. Und letztlich natürlich um meine Reputation als Galerist."

Erleichterung durchströmte Aurelia, und sie konnte sich erlauben durchzuatmen. Leonard war bereit, die Wahrheit zu suchen. Das war mehr, als sie gehofft hatte. Sie nickte langsam und sah ihm in die Augen. „Danke, Leonard. Das entspricht dem, was ich über dich annehme. Du willst die Wahrheit wissen."

Leonard legte eine Hand auf ihre Schulter, eine Geste der Anerkennung ihres Verständnisses. „Du glaubst mir, Aurelia", sagte er. „Wenn es etwas zu klären gibt, dann werden wir es klären."

Seine Worte klangen aufrichtig, und Aurelia spürte, wie sich die Spannung, die sie die ganze Zeit über bedrückt hatte, ein wenig löste. Leonard war bereit, sich der Wahrheit zu stellen – das war alles, worum sie ihn hatte bitten können.

„Und ... was, wenn es wirklich eine Fälschung ist?" fragte Aurelia. Es war die Frage, die unausgesprochen in der Luft gehangen hatte. Die Frage, die alles verändern konnte.

Leonard hielt kurz inne und sah zur Seite, als ob er seine Gedanken ordnen musste. Dann atmete er durch und sah sie mit ernster Miene an. „Dann werden wir herausfinden müssen, wie es dazu kam. Und wir werden versuchen, das Original zu finden – wenn es noch existiert."

Aurelia nickte. „Es wird nicht leicht sein, aber ich würde dir unglaublich gerne dabei helfen, alles herauszufinden. Das bin ich in gewissem Sinne meinem Onkel schuldig."

Leonard sagte: „Wir verfolgen in dieser Sache dasselbe Ziel, Aurelia, wenn auch aus unterschiedlichen Gründen. Und ich verspreche dir, dass wir die Wahrheit herausfinden werden."

Leonard wandte sich der Mappe zu, blätterte sie kurz durch, bis er bei der Notiz gelandet war, auf der Onkel Oliver festgehalten hatte, dass das Gemälde möglicherweise eine Fälschung sein könnte. „Ich kannte deinen Onkel, er war ein ausgesprochen seriöser Kritiker und Journalist. Wenn er der Meinung war, dass es sich möglicherweise um eine Fälschung handeln könnte, mit allen Eventualitäten, die eine derartige Frage aufwirft, dann muss ich das ernst nehmen." Er reichte Aurelia die Mappe: „Hier, bei dir ist sie bestens aufgehoben." Aurelia nahm die Mappe entgegen, drückte sie an sich, schließlich war es eine Art Vermächtnis ihres Onkels.

Kapitel 10:

Die Expertise

Die Tage nach ihrer Konfrontation mit Leonard waren seltsam und still. Sie zogen an Aurelia wie in einem Dunst vorbei, als wäre die Zeit selbst unsicher, in welchem Tempo sie sich bewegen sollte. Ein Teil von ihr hatte sich nach der Konfrontation fast erleichtert gefühlt – Leonard hatte ihr geglaubt, hatte sich entschieden, eine Expertise anzuordnen, um die Wahrheit herauszufinden. Doch je mehr Zeit verstrich, desto größer wurde die Sorge in ihr.

Was, wenn das Gemälde tatsächlich eine Fälschung war?

In ihren Gedanken wiederholte sich die Frage immer und immer wieder: Konnte es wirklich sein, dass das Gemälde *Frau am Teich* eine Fälschung war? Die Vorstellung war erschreckend – nicht nur wegen des Kunstwerks selbst, sondern auch wegen der Implikationen. Wenn das Gemälde gefälscht war, was würde das über Leonard sagen? Über die anderen Kunstwerke in seiner Galerie?

Über seine Fähigkeit, Fälschungen zu erkennen? Diese Ungewissheiten nagte an Aurelia, während sie in den Tagen vor der Expertise durch ihre eigene Arbeit schritt. Die Kamera, die normalerweise ihr sicherer Hafen war, bot ihr in dieser Zeit kaum Trost. Ihre Gedanken waren wie ein aufgewühlter See, ständig in Bewegung, und sie konnte nicht zur Ruhe kommen.

An einem der Abende kam Mia zu Besuch. Aurelia saß auf ihrem Sofa, die Beine unter sich geschlagen und eine Tasse Tee in der Hand, als Mia sich neben sie setzte. Aurelias Freundin hatte diesen verträumten Blick, den Aurelia sofort erkannte. Etwas war passiert, das ihr unter die Haut gegangen war, und Aurelia musste nicht lange raten, worum es sich handelte.

Mia nahm einen Schluck von ihrem Tee und drehte die Tasse langsam in ihren Händen, bevor sie Aurelia ansah. „Ich habe gestern einen schönen Abend mit Erik verbracht", begann sie. „Es war ... einfach besonders."

Aurelia hob leicht eine Augenbraue, ließ aber Mia die Freiheit, so viel oder wenig zu erzählen, wie sie wollte. Sie wusste, dass ihre Freundin selbst entscheiden würde, wie viel sie preisgab.

„Er hat mich in ein kleines, charmantes

Restaurant eingeladen, das ich nicht kannte, gerade neu eröffnet, nichts Großes, aber es war perfekt", fuhr Mia fort und schaute mit einem Hauch von Nachdenklichkeit in ihre Tasse. „Wir haben viel geredet. Er ist so … anders. So ruhig, aber gleichzeitig tiefgründig. Es ist, als würde er alles um sich herum genau beobachten, ohne je selbst im Mittelpunkt stehen zu wollen."

Aurelia nickte. Das klang nach dem Erik, den sie kennen gelernt hatte, wenn auch nur kurz. Sie wusste, dass er Leonard eine große Hilfe in der Galerie war, immer im Hintergrund, aber dennoch präsent und unverzichtbar. Es überraschte sie nicht, dass Mia sich von ihm fasziniert fühlte.

„Und dann", fuhr Mia fort, ihre Wangen ein wenig röter als zuvor, „hat er mir erzählt, dass er für eine Weile nach England muss, nach London … irgendwelche Nachforschungen, für Leonard … etwas mit einer alten Sammlung oder so … Ich habe nicht alles verstanden. Aber weißt du, das macht ihn so faszinierend. Er ist voller Geheimnisse." Sie lächelte, ihre Augen funkelten. „Ich freue mich wirklich darauf, wenn er zurückkommt."

Aurelia spürte die Zuneigung, die Mia für Erik empfand, und konnte nicht anders, als sich für ihre Freundin zu freuen. Sie hoffte, dass Erik jemand war, der tiefere

Verbindungen schätzte, und wenn er und Mia Zeit miteinander verbrachten, dann konnte es durchaus etwas Bedeutungsvolles werden.

„Das klingt wunderbar", sagte Aurelia schließlich und legte ihre Hand auf Mias Arm, ohne weiter nachzufragen. Sie wusste, dass Mia ihr nur das erzählen würde, was sie wollte, und sie respektierte diese Intimsphäre.

Mia lächelte und legte ihre Hand auf Aurelias. „Ja, das war es wirklich. Und jetzt ... jetzt warte ich einfach, bis er zurückkommt."

Leonards Anruf kam an einem ruhigen Nachmittag, als Aurelia gerade versucht hatte, sich mit einigen Fotografien von einer früheren Reportage abzulenken. Ihre Hand zitterte leicht, als sie den Hörer abnahm. Es war, als hätte sie die Nachricht erwartet – und gefürchtet.

„Aurelia", begann Leonard, seine Stimme war ruhig, aber er klang, als würde auch er die Spannung spüren. „Ich habe den Kunsthistoriker Dr. Müller kontaktiert. Er wird die Expertise des Gemäldes durchführen."

Aurelia spürte einen leichten Druck in ihrer Brust, als sich die Realität des Augenblicks in ihr festsetzte. Dies war der Moment, auf den sie gewartet hatte. „Wann wird er das Gemälde untersuchen?" fragte sie, ihre Stimme klang fester, als sie sich fühlte.

„Morgen Nachmittag", antwortete Leonard. „Ich wollte dich fragen, ob du dabei sein möchtest. Ich denke, es wäre gut, wenn du mit ihm sprechen könntest. Immerhin bist du diejenige, die den Verdacht geäußert hat."

Aurelia hielt einen Moment inne, die Schwere der Entscheidung drückte auf sie. Sie hatte die Mappe gefunden, die Nachforschungen ihres Onkels entdeckt – und jetzt trug sie die Verantwortung, Leonard gegenüber die Wahrheit ans Licht zu bringen. Doch es fühlte sich nicht richtig an, nur die Beobachterin zu sein. Es ging um mehr – um ihre Verbindung zu Leonard, um die Erinnerungen an Onkel Oliver, um die Kunst selbst. Also atmete sie tief durch und antwortete schließlich: „Ja, ich komme."

„Gut", sagte Leonard, und Aurelia glaubte eine gewisse Erleichterung in seiner Stimme zu hören. „Wir treffen uns morgen um zwei Uhr in der Galerie. Ich habe das Gemälde bereits vorbereiten lassen."

Die Nacht vor der Expertise war für Aurelia lang und unruhig. Ihre Gedanken rasten, und jedes Mal, wenn sie die Augen schloss, sah sie das Gemälde vor sich – die *Frau am Teich*, ihre Silhouette, die Farben, die geheimnisvolle Aura des Bildes. Doch immer wieder drängte sich der Gedanke auf: War es eine Illusion? Würde sich morgen alles als eine Lüge entpuppen?

Und wenn es eine Fälschung war, was würde das für Leonard bedeuten? Sie konnte das Gefühl nicht loswerden, dass diese Untersuchung mehr als nur ein Gemälde betraf. Es ging um Vertrauen. Um ihre aufkeimende Beziehung zu Leonard. Und um die Ehre von Onkel Oliver.

Am nächsten Tag führte sie der vertraute Weg zur Galerie, doch nichts fühlte sich an diesem Tag normal an. Jede ihrer Bewegungen schien schwerer, als würde sie auf eine unsichtbare Barriere zusteuern. In ihrem Kopf kämpften Wellen der Unsicherheit gegen die Hoffnung, dass alles gut ausgehen würde. Was, wenn sie Unrecht hatte? Was, wenn alles, was ihr Onkel herausgefunden hatte, nur Missverständnisse waren? Doch dann kam wieder die andere Seite ihrer Gedanken: Was, wenn sie recht hatte? Was, wenn Leonard wirklich eine Fälschung in seiner Galerie ausstellte?

Als sie die Galerie betrat, umfing sie sofort die kühle, professionelle Atmosphäre des Raumes. Die Wände waren gesäumt von Kunstwerken, die in sanftem Licht erstrahlten, doch heute konnte sie die Schönheit der Bilder nicht wie sonst wahrnehmen. Ihr Blick wanderte schnell zu Leonard, der im hinteren Teil der Galerie auf sie wartete. Neben ihm stand ein älterer Mann mit grauem Haar und einem ernsten Gesichtsausdruck – Dr. Müller, der Kunsthistoriker und Restaurator, den Leonard für die Expertise angeheuert hatte.

„Frau Sternberg, es ist mir eine Freude, Sie kennenzulernen", sagte Dr. Müller und reichte ihr die Hand. „Leonard hat mir bereits von den Zweifeln erzählt, die Sie bezüglich des Gemäldes haben."

Aurelia erwiderte den Händedruck, und obwohl sein Auftreten professionell und freundlich war, spürte sie die Distanz der Professionalität. „Ich hoffe, dass wir heute Klarheit bekommen können", sagte sie, ihre Stimme ein wenig zittrig, aber fest.

Dr. Müller nickte und lächelte leicht. „Klarheit gibt es immer, wenn man weiß, wo man zu suchen hat", sagte er mit der Zuversicht eines Mannes, der die Geheimnisse der Kunst gewohnt war zu lösen. „Kommen Sie, wir wollen keine Zeit verlieren."

Sie folgten ihm in einen separaten Raum der Galerie, wo das Gemälde *Frau am Teich* auf einer Staffelei stand. Das Bild schien in dem gedämpften Licht des Raumes fast zu leuchten. Aurelia fühlte, wie eine Welle der Bewunderung sie erfasste – die Farben, die sanften Übergänge von Licht und Schatten, die ruhige Eleganz der Frau, die am Rande des Teichs saß. Wie konnte so ein wunderschönes

Werk überhaupt eine Fälschung sein?

Doch die Realität holte sie schnell wieder ein. Es ging nicht um ihre persönliche Verbindung zu dem Kunstwerk, sondern um die Wahrheit. Die Wahrheit, die sie Leonard versprochen hatte, gemeinsam zu suchen – unabhängig von dem, was sie dabei finden würden.

Dr. Müller begann sofort mit seiner Arbeit. „Zuerst werde ich eine Analyse der Farbpigmente und der Leinwandstruktur durchführen", erklärte er, während er verschiedene Instrumente aus seinem Werkzeugkoffer nahm. Sein Blick war scharf, seine Bewegungen geübt und ruhig. „Farben und Leinwand können uns eine genaue Vorstellung darüber geben, wann ein Gemälde entstanden ist und ob die verwendeten Materialien zur angegebenen Zeit passen."

Aurelia beobachtete gespannt, wie Dr. Müller sorgfältig kleine Proben von den unauffälligsten Stellen des Gemäldes entnahm – von den Ecken und der Rückseite, die der Betrachter nicht bemerkte. Er arbeitete ruhig und systematisch, doch für Aurelia schien jede Bewegung, jeder Kratzer der Instrumente wie ein Echo ihrer eigenen Unsicherheit. Was würden diese Proben ans Licht bringen? Würden sie Leonard entlasten oder in Bedrängnis bringen?

Leonard stand währenddessen regungslos neben ihr. Seine Hände tief in die Taschen seines Anzugs gesteckt, sein Gesicht ernst, die Augen auf das Gemälde gerichtet. Doch Aurelia spürte die Spannung in seinem Körper – seine Schultern waren leicht nach vorne gezogen, als würde er die Last der kommenden Ergebnisse bereits auf sich spüren. Es war klar, dass diese Expertise nicht nur eine formelle Überprüfung für ihn war. Es ging um seinen Ruf. Um sein Vertrauen in die Werke, die er verkaufte. Und um die Verbindung zu Aurelia, die durch diese Enthüllung auf die Probe gestellt wurde.

Während Dr. Müller weiter arbeitete, konnte Aurelia ihre eigenen Gedanken kaum ordnen. Was, wenn das Gemälde wirklich eine Fälschung war? Was bedeutete das für Leonard? Wie würde er mit dem Ergebnis umgehen? Würde es ihn zerstören oder nur härter machen? Und was würde das für sie beide bedeuten – für die zarten Bande, die sich in den letzten Wochen zwischen ihnen entwickelt hatten?

Dr. Müller trat schließlich zurück, nachdem er die Probenentnahme für die Analysen abgeschlossen hatte, und richtete seine Aufmerksamkeit auf den hölzernen Rahmen des Gemäldes. „Der Rahmen kann uns ebenso viele Informationen liefern", erklärte er, als er begann, den Rahmen zu untersuchen.

„Holzarten und Verzierungen können auf die Zeit und die Herkunft des Gemäldes hinweisen. Diese Details sind oft entscheidend, um die Echtheit eines Kunstwerks zu bestätigen oder zu widerlegen."

Aurelia spürte, wie Leonards Blick auf ihr ruhte. Sie konnte das leise Zittern in seinen Fingern sehen, als er sich leicht bewegte. Der Druck, der auf ihnen beiden lastete, war fast greifbar – die Ungewissheit, die über ihnen hing, war erdrückend. Was, wenn alles, was sie gefunden hatten, zu dieser einen Erkenntnis führte, die alles veränderte?

„Es ist schwer, nicht nervös zu sein", murmelte Leonard schließlich, seine Stimme war leise, fast zerbrechlich. Er sprach, ohne Aurelia direkt anzusehen, als ob er befürchtete, dass seine eigenen Worte die Spannung im Raum noch weiter steigern könnten. „Dieses Gemälde war eines meiner wertvollsten Stücke. Wenn es eine Fälschung ist..." Er ließ den Satz unvollendet, als ob er die Möglichkeit nicht vollständig akzeptieren konnte.

Aurelia wollte etwas sagen, etwas Tröstendes, etwas, das ihm die Last nehmen könnte, aber sie fand keine Worte. Was hätte sie auch sagen sollen? Sie spürte selbst das Gewicht auf ihren Schultern – das Gewicht der Erwartungen, der Wahrheit, die ans Licht kommen würde. Es war eine Situation, die sie nicht kontrollieren konnte, und das war es, was sie am meisten beunruhigte.

Als Dr. Müller schließlich seine Untersuchungen abgeschlossen hatte, trat er zurück und blickte beide ernst an. „Die Proben sind entnommen, und ich werde sie in meinem Labor analysieren", erklärte er ruhig. „Es wird ein paar Tage dauern, bis ich die Ergebnisse habe, aber ich verspreche Ihnen, dass ich Sie sofort informiere, sobald ich etwas herausgefunden habe."

Aurelia und Leonard dankten ihm höflich, doch die Anspannung blieb zwischen ihnen spürbar. Als sie den Raum verließen und in den Hauptraum der Galerie zurückkehrten, schien die Welt um sie herum unverändert. Die Kunstwerke hingen still und unbeteiligt an den Wänden, doch für Aurelia fühlte sich alles anders an. Nichts war still – die Spannung war überall.

„Wir müssen warten", sagte Leonard schließlich, seine Stimme war von einem Hauch von Resignation durchzogen. „Ich hasse es, zu warten."

Aurelia nickte stumm. Auch sie hasste es. Aber jetzt gab es nichts anderes, was sie tun konnten. Die Wahrheit war irgendwo da draußen, verborgen in den Proben, die Dr. Müller entnommen hatte. Alles, was sie tun konnten, war zu warten – und zu hoffen, dass sie bereit waren, dem Ergebnis ins Auge zu sehen.

Nachdem Dr. Müller die Galerie verlassen hatte und das Gewicht der Ungewissheit schwer auf ihren Schultern lastete, standen Aurelia und Leonard allein im Hauptraum der Galerie. Die Stille schien sie zu umhüllen, das weiche Licht der Lampen ließ die Farben der Kunstwerke an den Wänden wie Schatten hinter Glas erscheinen.

Aurelia spürte, wie die Anspannung in ihren Muskeln sich löste, aber gleichzeitig war da diese Unruhe in ihrem Herzen. Leonard war ruhig neben ihr, doch sie bemerkte, dass seine Finger leicht zitterten. Die Ereignisse der letzten Stunden und Tage hatten sie beide aufgewühlt.

„Ich hasse es, zu warten", sagte Leonard schließlich, seine Stimme klang leise in der stillen Galerie.

Aurelia nickte und trat einen Schritt näher zu ihm. Es war, als wäre da eine unsichtbare Verbindung zwischen ihnen, etwas, das sie nicht benennen konnte, das aber mit jedem gemeinsamen Moment stärker wurde. „Ich auch", flüsterte sie, ihre Augen auf ihn gerichtet.

Leonard wandte den Blick von den Gemälden ab und sah sie an. In seinen Augen lag eine gewisse Unruhe, ja Müdigkeit, aber auch etwas anderes – etwas, das sie nicht erwartet hatte: Wärme und vielleicht ein Hauch von Zärtlichkeit. Aurelias Hand, die bisher locker an ihrer Seite hing, wanderte instinktiv zu seiner, und sie berührte mit ihren Fingern die seinen. Die Berührung war leicht, aber sie fühlte sich an wie eine Explosion in ihrem Inneren.

Für einen Moment schien die Welt still zu stehen. Leonard sah auf ihre Hand, dann langsam wieder in ihre Augen. Seine Finger bewegten sich kaum merklich, und dann spürte sie, wie er ihre Hand sanft ergriff.

„Aurelia", flüsterte er, und es war, als könnte er die Gedanken, die durch ihren Kopf rasten, in seinem Blick lesen. „Ich habe in letzter Zeit viel darüber nachgedacht … über uns."

Aurelia spürte, wie ihr Herz einen Schlag aussetzte. Über uns? Die Worte waren einfach, doch sie trugen das Gewicht von etwas, das sie beide unausgesprochen gelassen hatten. Die Nähe zwischen ihnen hatte in den letzten Wochen zugenommen, doch keiner von ihnen hatte es gewagt, es laut auszusprechen.

„Ich auch", flüsterte sie zurück, und plötzlich fühlte sie sich so verwundbar wie nie zuvor.

Es war Leonard, der den letzten Schritt machte. Langsam beugte er sich vor, seine Hand glitt über ihre Wange, bevor seine Lippen vorsichtig auf ihre trafen. Der Kuss war zögerlich, als ob sie beide Angst hatten, den Moment zu zerstören, doch er war auch voller unausgesprochener Emotionen.

Als sie sich voneinander lösten, blieb die Stille zwischen ihnen bestehen, aber sie fühlte sich nicht mehr erdrückend an. Ihre Beziehung hatte sich verändert, aber sie wusste, dass sie jetzt bereit war, sich dem zu stellen – genauso wie der Wahrheit über das Gemälde.

Kapitel 11:

Erklärungen

Die Tage des Wartens fühlten sich für Aurelia endlos an. Jeder neue Morgen brachte eine Mischung aus Anspannung und Ungewissheit, und mit jedem Anruf, den sie bekam, setzte ihr Herz für einen Moment aus, nur um dann wieder enttäuscht zu werden, wenn sich herausstellte, dass es nicht Dr. Müller war. In diesen Tagen war ihre Konzentration zerrissen, ihre Gedanken sprangen ständig zwischen den möglichen Ergebnissen der Expertise und den Konsequenzen hin und her. Was, wenn Leonard tatsächlich getäuscht worden war? Was, wenn das Bild, das er so stolz ausgestellt hatte, wirklich eine Fälschung war?

Es war Leonard, der schließlich den erlösenden Anruf machte.

„Aurelia", sagte er, seine Stimme war ruhig, aber sie konnte seine Anspannung spüren. „Dr. Müller hat die Ergebnisse."

Aurelias Hand umklammerte ihr Handy fester, und sie musste tief durchatmen, um ihre Nerven zu beruhigen. „Und? Was hat er herausgefunden?"

Es folgte eine kurze Pause, als ob Leonard sich sammelte, bevor er antwortete. „Er will es uns persönlich erklären. Komm heute Nachmittag in die Galerie."

Als Aurelia die Falkenstein-Galerie betrat, fühlte es sich an, als hätte sich die Luft in den letzten Tagen verdichtet, als wäre sie von einer unsichtbaren Spannung durchzogen. Leonard wartete bereits auf sie, und als ihre Augen sich trafen, brauchte es keine Worte, um zu verstehen, wie sehr auch er in den letzten Tagen unter der Ungewissheit gelitten hatte. Seine Miene war ernst, und in seinem Blick lag eine stille Müdigkeit, die nur zu deutlich machte, dass auch er kaum zur Ruhe gekommen war.

Ohne ein Wort zu wechseln, gingen sie zusammen in den hinteren Raum der Galerie, wo das Gemälde *Frau am Teich* noch immer auf der Staffelei stand, als wäre es ein stummer Beobachter ihrer Sorgen und Ängste. Dr. Müller wartete bereits auf sie, ein dicker Ordner unter dem Arm. Er nickte beiden sachlich zu und setzte sich dann an einen der kleinen Tische, bevor er den Ordner vor sich öffnete. Die Spannung im Raum war fast greifbar, und Aurelia konnte spüren, wie ihr Herz schneller schlug.

„Ich habe jetzt alle Untersuchungen

abgeschlossen", begann Dr. Müller, während er einige Dokumente aus seinem Ordner zog. Seine Stimme war ruhig und professionell, aber Aurelia spürte, dass die Schwere seiner Worte jeden Moment auf sie einbrechen könnte. „Zunächst die gute Nachricht: Die Farbpigmente auf der Leinwand stimmen mit denen überein, die im 19. Jahrhundert verwendet wurden. Es handelt sich um authentische Materialien. Und die Techniken, die verwendet wurden, passen zum Stil von Samuel Carroway."

Aurelia spürte, wie eine Welle der Erleichterung durch ihren Körper strömte. Für einen Moment ließ sie sich von dem Gedanken beruhigen, dass alles vielleicht doch in Ordnung war. Sie sah zu Leonard, und für einen kurzen Augenblick blitzte in seinen Augen ein Funken Hoffnung auf. Doch dieser Moment verflog schneller, als sie es erwartet hatte.

Dr. Müllers Gesicht blieb ernst, während er fortfuhr: „Aber ..." Das Wort ließ Aurelias Herz einen Schlag aussetzen. „Das ist nur ein Teil der Wahrheit."

Dr. Müller beugte sich über das Gemälde, das auf der Staffelei in der Galerie stand. Die konzentrierte Stille im Raum war greifbar, als er mit einer feinen Lupe die Pinselstriche ins Auge nahm. Aurelia und Leonard beobachteten ihn, beide von einer Mischung aus Anspannung und Hoffnung erfüllt. Der Kunsthistoriker wirkte gedankenverloren, als er die Details des Bildes eingehend betrachtete.

Nach einer Weile richtete er sich langsam auf und atmete tief durch. „Das ist ohne Zweifel ein Original von Samuel Carroway", sagte er schließlich und trat einen Schritt zurück. „Die Techniken, die verwendeten Pigmente, die Art, wie das Licht auf die Landschaft fällt – das ist eindeutig die Arbeit des Meisters. Das Gemälde ist vollkommen echt."

Leonard nickte langsam, die Anspannung in seinen Schultern schien sich ein wenig zu lösen. „Also keine Fälschung", murmelte er und tauschte einen kurzen, erleichterten Blick mit Aurelia.

Doch Dr. Müller hob eine Hand, um ihm zu signalisieren, dass er noch nicht fertig war. „Aber", begann er zögernd, „es gibt hier etwas Ungewöhnliches."

Er deutete auf den Hinterkopf der Frau, der in einer sanften Bewegung zur Seite geneigt war, sodass ihr Gesicht dem Betrachter verborgen blieb. „Dieser Bereich ..." Er tippte mit dem Finger auf die Stelle, „ist nicht das ursprüngliche Motiv."

Aurelia runzelte die Stirn. „Was meinen Sie?"

Dr. Müller nahm einen kleinen Pinsel und strich sanft über die Oberfläche des Gemäldes. „Carroway hat das Bild überarbeitet – und zwar auf sehr subtile Weise. Unter dieser Schicht befindet sich etwas anderes, etwas, das er bewusst verborgen hat."

„Verborgen?" Leonard trat näher, seine Stirn in Falten gelegt. „Was hat er versteckt?"

Dr. Müller richtete sich wieder auf. „Das Gesicht der Frau. Es ist eindeutig übermalt worden. Es ist kaum wahrnehmbar, aber man erkennt, dass die Pinselstriche am Hinterkopf nicht zu den anderen Teilen des Gemäldes passen. Es war keine Restaurierung, auch kein Fälschungsversuch, sondern eine bewusste Entscheidung von Carroway, das Gesicht der Frau zu verdecken."

Aurelia spürte, wie sich ein Kribbeln in ihrem Nacken ausbreitete. „Aber warum?"

„Das ist schwer zu sagen", antwortete Dr. Müller und sah sie nachdenklich an. „Carroway hat das Bild selbst übermalt. Das ist eindeutig. Es gibt keine Zweifel daran, dass es seine Hand war. Aber warum er das getan hat, bleibt ein Rätsel."

Leonard fuhr sich mit der Hand über das Gesicht, als würde er versuchen, die Bedeutung dieser Entdeckung zu verarbeiten. „Das bedeutet, dass das ursprüngliche Gesicht – das wahre Gesicht der Frau am Teich – noch darunter verborgen liegt?"

„Genau", bestätigte Dr. Müller. „Mit den richtigen Techniken könnte man möglicherweise das ursprüngliche Bild wieder freilegen. Aber das wäre ein riskantes Unterfangen. Man muss sich sehr sicher sein, bevor man so einen Eingriff macht."

Aurelia betrachtete das Bild, ihre Gedanken rasten. „Und Sie sind sicher, dass Carroway selbst das Bild übermalt hat?"

Dr. Müller nickte. „Ohne Zweifel. Die Pinselstriche, die Pigmente – es ist seine Arbeit. Carroway wollte etwas verbergen. Und wenn ich raten müsste, dann war es das Gesicht der Frau, das er aus irgendeinem Grund unsichtbar machen wollte."

Aurelia runzelte die Stirn und trat näher an das Gemälde heran. „Wie kommen Sie eigentlich auf diese Idee?" fragte sie verwundert.

„Es gab immer wieder Gerüchte, dass es ein Pendant zu diesem Gemälde gibt. Ein weiteres Werk von Carroway, das möglicherweise die Geschichte vollständig erzählt – oder zumindest einen anderen Blick auf die gleiche Szene gewährt. Einige Kunsthistoriker vermuten, dass dieses Pendant das Gesicht der Frau im Original zeigt. Es könnte sein, dass Carroway das Gesicht hier absichtlich verdeckt hat, um das Pendant zu schützen oder eine Art

Geheimnis zu wahren."

Aurelia spürte, wie ein Kribbeln ihren Rücken hinaufstieg. „Ein Pendant?" Sie sah Leonard kurz an. „Wenn das stimmt ... Ich muss die Mappe meines Onkels noch einmal durchsehen. Vielleicht habe ich etwas übersehen, einen Hinweis, der uns zu diesem zweiten Bild führen könnte."

Dr. Müller nickte zufrieden. „Es ist sicherlich keine einfache Suche, aber wenn dieses zweite Gemälde wirklich existiert, dann ist es der Schlüssel, um Carroways Geschichte und die Wahrheit über die Frau im Gemälde vollständig zu verstehen."

Leonard sah ernst aus, als er sprach: „Das bedeutet, dass dieses Gemälde lediglich ein Teil ist. Vollständig ist es nur mit dem Pendant. Und soweit ich das beurteilen kann, ist es damit erst dann vollständig, wenn der zweite Teil daneben ausgestellt wird." Er sprach mehr zu sich selbst: „Ich muss den zweiten Teil finden, erst dann bin ich der Galerist, der ich sein will."

Aurelia beobachtete Leonard genau. Seine Gesichtszüge waren ruhig, fast kühl. Er war ein Mann, der es gewohnt war, mit Rückschlägen umzugehen – das Geschäft mit der Kunst war voller Unwägbarkeiten, und das hier war für ihn vielleicht einfach nur eine weitere Herausforderung. Es überraschte sie, wie kontrolliert er in diesem Moment wirkte, wo andere vielleicht aus der Fassung geraten wären.

„Du nimmst das erstaunlich gefasst", sagte sie.

Ein beinahe ironisches Lächeln erschien auf seinen Lippen. „Es ist ein Risiko in diesem Geschäft, Aurelia. Das hier ist nicht das erste Mal, dass Zweifel an einem Werk aufgekommen sind. Aber jedes Problem hat eine Lösung, und das hier ist nur eines davon. Wir müssen jetzt einfach nur die nächsten Schritte gehen."

Sie nickte langsam, beeindruckt von seiner Ruhe. In diesem Moment wurde ihr klar, dass Leonard nicht jemand war, der sich von Rückschlägen aus der Bahn werfen ließ. Seine Fähigkeit, das große Ganze zu sehen, machte ihn zu dem erfolgreichen Mann, der er war.

„Wir finden es heraus", sagte sie, ihre Stimme fester.

„Das werden wir", bestätigte Leonard, und dieses Mal schien eine gewisse Wärme in seinen Augen aufzublitzen, als er ihre Entschlossenheit sah.

„Die Kunstwelt ist gnadenlos, Aurelia. Ein Skandal könnte meiner Galerie enormen Schaden zufügen. Es gibt keinen Raum für Fehler in diesem Geschäft."

Ihre Hände berührten sich für einen

Moment länger, und obwohl Leonard nicht von seiner professionellen Haltung abwich, spürte Aurelia, dass unter der Oberfläche etwas Tieferes schwelte – ein Band, das sich aus Respekt und der gemeinsamen Herausforderung heraus bildete.

Dr. Müller schloss seinen Ordner und sah die beiden ernst an. „Es ist durchaus denkbar, dass das zweite Gemälde noch irgendwo existiert und das, was wir hier haben, eben eine restaurierte beziehungsweise minimal übermalte Version ist, deren zweiter Teil fehlt."

Dr. Müller blickte lange auf das Gemälde, seine Augen prüften jede Linie und jede Farbe mit größter Sorgfalt. „Es gibt keinen Zweifel, dieses Gemälde stammt von Carroway. Die verwendeten Pigmente und Techniken stimmen überein. Besonders die Landschaft und die allgemeine Komposition tragen die Handschrift des Meisters."

Aurelia atmete auf, doch dann runzelte Dr. Müller die Stirn und deutete auf denn Hinterkopf der Frau. „Das Gemälde ist ein Werk Carroways, aber der wichtigste Teil – das echte Porträt der Frau – fehlt. Wenn Sie das Originalporträt finden, das Pendant, werden Sie die Identität der 'Frau am Teich' eindeutig kennen."

Aurelia richtete sich auf, ein erneutes Gefühl der Entschlossenheit erwachte in ihr.

„Aber wo könnten wir anfangen zu suchen?" fragte sie, ihre Stimme klang fester.

Dr. Müller zuckte mit den Schultern, als ob er mit so einer Ungewissheit vertraut war. „Die Kunstwelt hat ihre Geheimnisse. Manchmal tauchen verschollene Werke an den unerwartetsten Orten wieder auf. Es wird jedoch Zeit und Mühe kosten."

Leonards Gedanken schienen weit weg zu sein, während er auf das Gemälde blickte. Schließlich sah er zu Aurelia und Dr. Müller. „Wir müssen es versuchen. Wenn es eine Chance gibt, das Pendant zu finden, dann müssen wir sie ergreifen."

„Zuallererst werde ich mir aber Onkel Olivers Notizen noch einmal genau durchsehen", sagte Aurelia, denn sie spürte, dass dies ein weiterer Schritt war, um Klarheit zu erlangen.

„Selbstverständlich", sagte Leonard.

Man verabschiedete sich voneinander und Aurelia machte sich sofort auf nach Hause, um Onkel Olivers Mappe genau durchzusehen. Während sie durch die Straßen Berlins ging, dachte sie nach. Sie hatten einige Antworten erhalten, aber auch viele neue Fragen aufgeworfen. Das Gemälde „Frau am Teich" war also keine Fälschung – es war ein Fragment einer viel größeren Geschichte. Eine Geschichte, die nun darauf wartete, aufgedeckt zu werden.

Ihre Gedanken wanderten zurück zu den Notizen in der Mappe ihres Onkels. Was hatte Onkel Oliver noch herausgefunden? Vielleicht gab es dort tatsächlich Hinweise, die sie bisher übersehen hatte, etwas, das sie zu dem verlorenen Pendant führen konnte. Sie hoffte es inständig.

Aber war es nicht nur die Kunstwelt, die ihre Gedanken beschäftigte. Sie dachte an Leonard und den Moment in der Galerie. Sie hatte seine Unruhe gespürt, und in ihrer gemeinsamen Stille hatte sie auch eine wachsende Nähe gefühlt. Vielleicht war dies der Anfang von etwas Neuem – sowohl in der Welt der Kunst als auch in ihrem Leben.

Es war spät am Abend, und die Geräusche der Stadt drangen nur gedämpft durch die Fenster von Aurelias Wohnung. Sie saß in ihrem Wohnzimmer, umgeben von zahllosen Blättern, Notizen und Zeitungsausschnitten, die über den Tisch und den Boden verstreut lagen. Die alte Mappe ihres Onkels Oliver war voluminös, dick und chaotisch. Aurelia fühlte sich fast erdrückt von der schieren Menge an Material, das vor ihr lag – Erinnerungen, Recherchen, Gedankenfetzen, die ihr Onkel im Laufe seines Lebens gesammelt hatte.

Sie atmete tief durch und zwang sich, die

Trauer, die in ihr aufstieg, beiseitezuschieben. Beim ersten Mal, als sie die Mappe durchgesehen hatte, war sie noch zu sehr von den Emotionen über seinen Tod überwältigt gewesen, um auf alle Details zu achten, das wurde ihr mit Klarheit bewusst. Aber jetzt musste sie sich auf das konzentrieren, was wirklich vor ihr lag – auf die Möglichkeit, dass hier, in diesen wirren Notizen, der Schlüssel zum verlorenen Gemälde oder einem Pendant steckte.

Ihre Finger glitten vorsichtig über die vergilbten Papiere. Ihr Onkel hatte offensichtlich alles dokumentiert, was er je über Carroway und *Frau am Teich* erfahren hatte. Da waren Artikel aus alten Kunstzeitschriften, Aufzeichnungen von Gesprächen mit Experten, sogar ein paar grobe Skizzen des Gemäldes. Aber es war fast unmöglich, die Notizen in irgendeine chronologische oder logische Reihenfolge zu bringen – es war ein wahres Chaos, typisch für ihren Onkel, der nie viel Wert auf Ordnung gelegt hatte, wenn er in seinen Recherchen versunken war.

Aurelia blätterte seufzend weiter, als plötzlich eine Notiz ihre Aufmerksamkeit erregte. Es war ein kleiner Zettel, eingeklemmt zwischen zwei Seiten eines Zeitungsartikels. Die Handschrift war klar und deutlich die ihres

Onkels: „Ich muss zugeben, dass ich mich möglicherweise geirrt habe", stand da. „Es scheint keine Fälschung zu sein, wie ich ursprünglich dachte. Es gibt immer mehr Hinweise darauf, dass ein Pendant existieren könnte. Ein zweites Gemälde – das die fehlenden Details zeigt. Carroways Entscheidung, das Gesicht der Frau auf dem aktuellen Gemälde nicht zu zeigen, könnte darauf hindeuten, dass das Pendant die Wahrheit verbirgt. Es könnte irgendwo versteckt sein, aber ich weiß nicht, wo ..."

Aurelia hielt den Atem an. Ein zweites Gemälde. Ein Pendant. Das war es. Sie dachte an Dr. Müllers Expertise, die ergeben hatte, dass das Gesicht offenbar absichtlich übermalt worden war.

„Es gibt also wirklich noch mehr", flüsterte sie leise zu sich selbst und las die Notiz erneut durch, um sicherzugehen, dass sie nichts übersehen hatte.

Ihr Onkel war sich also nicht mehr sicher gewesen, dass *Frau am Teich* eine Fälschung war. Stattdessen hatte er vermutet, dass es ein weiteres Gemälde geben musste, das die vollständige Geschichte erzählte. Aurelias Herz schlug schneller, während die Erkenntnis in ihr reifte, dass sie jetzt auf der richtigen Spur waren.

Sie nahm das Blatt Papier und betrachtete

es lange, bevor sie aufstand und es auf den Tisch legte, neben die vielen anderen Hinweise. Dann griff sie nach ihrem Handy und wählte Leonards Nummer.

„Leonard?" sagte sie, als er abnahm. „Ich habe etwas gefunden ... Ich glaube, es gibt tatsächlich ein Pendant zu dem Gemälde. Mein Onkel hat es auch vermutet. Er hat eine Notiz gemacht, dass es mehr Hinweise darauf gab."

Sie hörte, wie Leonard am anderen Ende der Leitung kurz schwieg, bevor er antwortete: „Das bestätigt also auch Dr. Müllers Ansicht."

Aurelia nickte, auch wenn Leonard sie nicht sehen konnte. „Ja, wir müssen unbedingt herausfinden, wo dieses Pendant ist. Mein Onkel hat leider keine weiteren Hinweise hinterlassen, aber ... ich habe das Gefühl, wir sind nah dran."

„Gut", sagte Leonard, und in seiner Stimme lag ein entschlossener Unterton. „Wir werden es finden."

Aurelia legte auf und ließ ihre Finger über die Notiz ihres Onkels gleiten. Sie verstand endlich, woran er gearbeitet hatte. Er war einer Fälschung auf der Spur gewesen, die sich dann als Original herausgestellt hatte. Aber dieses Original war nur die halbe Wahrheit. Er hatte keine Gelegenheit mehr gehabt, weiterzuforschen. Jetzt lag es an ihr und Leonard, das letzte Puzzlestück zu finden.

In der leicht gedämpften Atmosphäre der Lumière-Lounge, ihrem Lieblingstreffpunkt, saßen Aurelia und Mia ein paar Tage später in einer Ecke an einem kleinen runden Tisch. Die Lounge war nicht zu voll, und das sanfte Licht der Kerzen auf den Tischen sorgte für eine beruhigende Stimmung. Aurelia blickte gedankenverloren in ihr Glas Wein, während Mia sie aufmerksam beobachtete.

„Okay, jetzt pack mal aus", sagte Mia und hob eine Augenbraue. „Ich sehe dir an, dass du in den letzten Tagen komplett in deinem Kopf feststeckst. Was ist los, Aurelia? Es ist doch nicht nur das Gemälde, oder?"

Aurelia seufzte tief und lehnte sich in ihrem Stuhl zurück. Sie hatte sich fest vorgenommen, Mia alles zu erzählen, aber die Worte wollten einfach nicht aus ihr heraus. Es war, als ob die Unsicherheiten in ihrem Kopf sich zu einem riesigen Knoten verwoben hatten.

„Es ist ... eine Menge", begann sie schließlich und blickte in ihr Weinglas. „Ich meine, es geht nicht nur um das Gemälde. Natürlich beschäftigt mich die Sache mit dem Bild, aber ... ich weiß nicht. Alles fühlt sich plötzlich so kompliziert an."

Mia beugte sich vor und legte ihre Hand sanft auf Aurelias Arm. „Jetzt mach aber mal einen Punkt! Du kannst mir alles sagen! Du weißt, dass ich für dich da bin."

Aurelia lächelte kurz, bevor sie tief Luft holte. „Es ist Leonard", sagte sie leise. „Ich meine, ich mag ihn wirklich, und ich fühle diese Verbindung zwischen uns. Aber ich frage mich, ob das alles echt ist, oder ob wir nur durch diese ganze Aufregung so eng miteinander verbunden sind. Was, wenn es nur die Umstände sind?"

Mia nickte, ihre Augen ruhig und verständnisvoll. „Du fragst dich, ob es mehr als nur die Spannung ist. Ob es wirklich etwas Tieferes gibt."

„Ja", bestätigte Aurelia und strich sich eine Haarsträhne hinters Ohr. „Es fühlt sich intensiv an, weißt du? Diese Jagd nach der Wahrheit ... Aber ich will mich nicht in etwas hineinziehen lassen, nur weil es aufregend ist. Ich habe schon genug Fehler gemacht, indem ich mich von meinen Gefühlen überrollen ließ, ohne wirklich nachzudenken."

„Ich verstehe", sagte Mia. „Du willst sicher sein, dass das, was du mit Leonard hast, mehr ist als nur ein kurzer Funke, der in der Hitze des Moments aufleuchtet."

Aurelia lächelte. „Sehr poetisch ausgedrückt, aber ja, genau das. Es ist, als würde ich auf etwas Echtes warten. Aber gleichzeitig habe ich das Gefühl, dass ich mich vielleicht zurückhalte, weil ich Angst habe, verletzt zu werden. Weißt du, er ist so ... erfolgreich und selbstbewusst. Er bewegt sich in einer Welt, die so anders ist als meine. Was, wenn ich da einfach nicht reinpasse?"

Mia schnaubte leise und nahm einen Schluck von ihrem Cocktail. „Also, hör mal, du passt überall rein, wo du willst. Und Leonard wäre ein absoluter Idiot, wenn er das nicht erkennt. Aber ..."

Sie machte eine kurze Pause, als ob sie ihre Worte abwägte. „Ich denke, es ist gut, dass du dir diese Fragen stellst. Das zeigt, dass du aus deinen Erfahrungen mit Tom gelernt hast. Aber überlege auch, ob du dir nicht vielleicht zu viele Gedanken machst, bevor überhaupt etwas passiert ist."

Aurelia dachte an Tom. Sie hatte immer geglaubt, dass die Klarheit sich irgendwann von selbst offenbart – sei es durch Worte, Taten oder Blicke. Und genau das war bei Tom geschehen. Sie erinnerte sich an jenen Tag, als sie ihm gegenüberstand, in seiner schicken Wohnung, die plötzlich so kalt und fremd wirkte. Seine Ausreden, seine leeren Versprechen – sie hatte sie alle schon gehört. Es war, als würde sie einem Schauspiel zusehen, einem schlecht inszenierten Drama, dessen Ausgang längst klar war.

„Ich kann das nicht länger", hatte sie gesagt, und ihre Stimme war ruhiger gewesen, als sie es erwartet hatte. Tom hatte die Augenbrauen hochgezogen, als ob er überrascht wäre, dass sie es wagte, die Dinge beim Namen zu nennen. „Ich weiß, was passiert ist. Du warst nicht ehrlich, und das kann ich nicht akzeptieren."

Tom hatte versucht, ihr ins Wort zu fallen, doch Aurelia hob eine Hand, um ihn zu stoppen. „Ich wünsche dir trotzdem alles Gute. Aber ich werde lieber allein sein, als mit jemandem zusammen zu sein, der mich nicht zu schätzen weiß."

Das war der Moment gewesen, in dem sie endgültig Abschied genommen hatte. Der Moment, in dem sie sich entschied, dass ihre Liebe zur Natur und zur Fotografie ihr mehr bedeutete als eine Beziehung, die auf Lügen aufgebaut war. „Bäume können nicht lügen", hatte sie damals still für sich gedacht, als sie die Tür hinter sich schloss und den Weg in den Park nahm. Die sanften Bewegungen der Blätter im Wind und das gedämpfte Licht des Sonnenuntergangs hatten ihr damals den Frieden gegeben, den sie in ihrer Beziehung zu Tom nicht gefunden hatte.

Aurelia blickte in Mias fröhliches Gesicht, die Aurelias gedanklichen Rückblick nicht mitbekommen hatte. „Na ja, manchmal kann man nicht immer alles planen, Aurelia", sagte Mia. „Manchmal muss man springen und sehen, wohin man fällt. Aber du wirst wissen, was richtig ist. Du bist schlau und hast ein gutes Herz. Du wirst nicht blind in irgendetwas hinein stolpern. Vielleicht gibst du der Sache einfach ein bisschen Zeit, ohne dich unter Druck zu setzen."

Aurelia lächelte wieder, sie wollte nicht an die Vergangenheit denken. „Hast ja recht, Mia. Ich sollte mir nicht so viele Sorgen machen. Es ist einfach … so viel auf einmal. Das Gemälde, Leonard, meine Fotografie … Ich habe das Gefühl, dass alles auf einmal passiert."

„Das ist, weil du unglaublich bist und alles möglich ist, wenn du in der Nähe bist", sagte Mia scherzhaft und hob ihr Glas. „Hier, ein Toast auf dich – die Frau, die ein verlorenes Gemälde findet, die Welt der Kunst auf den Kopf stellt und trotzdem noch darüber nachdenkt, ob sie in eine Beziehung reinpasst. Und was Leonard angeht – mach einfach kleine Schritte. Lass es sich entwickeln, so wie es sein soll. Du musst jetzt nichts entscheiden." Mia zwinkerte. „Aber vergiss nicht, dass ich ihn auch mal näher kennen lernen will, bevor du zu tief in irgendetwas rein rutschst. Du weißt schon, Schwesternding."

Aurelia grinste. „Ich werde es nicht vergessen. Versprochen."

Sie saßen noch eine Weile in der Lounge, sprachen über alles und nichts, und für einen

Moment fühlte sich Aurelia tatsächlich leichter. Die Zweifel waren nicht ganz verschwunden, aber Mia hatte ihr geholfen, sie in ein anderes Licht zu rücken. Manchmal musste man einfach den nächsten Schritt machen, ohne genau zu wissen, wohin er führte.

Kapitel 12:

Die Suche beginnt

Die Tage nach der Expertise waren für Aurelia ein einziger Strudel aus Gedanken und unerklärlichen Gefühlen. Das Ergebnis hatte sie mehr durcheinandergebracht, als sie es sich jemals hätte vorstellen können. Das Gemälde *Frau am Teich* war nicht das, was es schien, und während ein Teil von ihr erleichtert war, dass es keine Fälschung war, ließ die Enthüllung, dass es teilweise manipuliert worden war, eine tiefe Unruhe in ihr zurück. Das Original war verschwunden, und die Suche danach schien wie eine fast unmögliche Aufgabe.

Auch Leonard schien von der Enthüllung beunruhigt. Sie konnte es in seinen Augen sehen, jedes Mal, wenn sie sich trafen. Er versuchte, professionell zu bleiben, aber seine Unruhe verriet sich durch die Art, wie er sich manchmal über das Gesicht rieb oder in Gedanken verloren wirkte. Seine Galerie und sein Ruf standen auf dem Spiel, und obwohl er Aurelia versichert hatte, dass er gewillt war, das Original zu finden, konnte sie sehen, dass ihn die Ungewissheit belastete.

Eines Morgens, als der Nebel schwer über der Stadt hing und Aurelia sich mit ihrer Kamera ablenken wollte, erhielt sie einen Anruf von Leonard. „Aurelia", begann er, und seine Stimme klang anders als sonst – entschlossener, fast hoffnungsvoll.

„Ich habe nachgedacht", fuhr er fort. „Erik hat mir gestern einen Tipp gegeben. Es gibt vielleicht jemanden, der uns weiterhelfen kann."

„Erik?" fragte Aurelia, überrascht. Es war lange her, dass Leonard seinen Assistenten erwähnt hatte. Abgesehen von ein paar Plaudereien mit Mia, die ab und zu mit Erik telefonierte, hatte sie nichts mehr von Erik gehört.

„Sofort nachdem der erste Hinweis aufgetaucht ist, dass das Gemälde möglicherweise eine Fälschung ist, hat Erik begonnen, sich intensiv mit der Herkunft des Gemäldes zu befassen", sagte Leonard. Und Aurelia erinnerte sich daran, dass Mia ihr erzählt hatte, dass Erik für Nachforschungen nach England geflogen wäre. „Noch vor der Expertise ist er nach London geflogen", fuhr Leonard fort. „Seither forscht er dort, spricht mit Kunsthistorikern, Galeristen, Privatpersonen, Archivaren … einfach allen, die er auftreiben kann."

Leonard zögerte kurz, als wolle er die

Spannung vorantreiben. „Erik hat nach ein paar Nachforschungen herausgefunden, dass es eine Person gibt, die möglicherweise die Antworten kennt, nach denen wir suchen. Jemand, der vielleicht weiß, wo das Originalgemälde ist."

Aurelia hielt den Atem an. Es fühlte sich an, als wären sie dabei, einen wichtigen Schritt voranzukommen. „Wer ist diese Person?" fragte sie schließlich, neugierig geworden.

„Ihr Name ist Vivienne Sinclair", sagte Leonard, und es klang, als ob der Name in der Luft hängen blieb, schwer von Bedeutung. „Sie ist die letzte lebende Nachfahrin von Lady Elizabeth Sinclair, der Frau, die wir für das Modell auf dem Gemälde *Frau am Teich* halten."

Aurelias Herzschlag beschleunigte sich. Der Name klang vage vertraut, eine Erinnerung an die Notizen ihres Onkels, die sie durchgearbeitet hatte. „Vivienne Sinclair", wiederholte sie leise, als ob sie die Worte für sich selbst verarbeiten wollte. „Und du glaubst, sie könnte uns weiterhelfen?"

„Ich weiß es nicht", gestand Leonard. „Aber Erik hat recht. Vivienne Sinclair stammt aus einer Familie, die seit Generationen eine bedeutende Kunstsammlung besitzt. Viele der Werke sind verschollen, und sie hat es geschafft, die Sinclair-Sammlung so gut wie möglich von der Öffentlichkeit fernzuhalten. Wenn jemand etwas über das Originalgemälde weiß, dann sie."

Aurelia spürte, wie ihre Neugier und Aufregung langsam wuchsen. Das Gefühl, das sie schon seit Tagen verfolgt hatte, verstärkte sich. Die Familie Sinclair war in den Aufzeichnungen ihres Onkels mehrmals aufgetaucht, als wäre diese Familie ein verborgener Schlüssel zu dem Rätsel, das sie lösen wollten. Und jetzt – jetzt standen sie möglicherweise kurz davor, diesen Schlüssel in Händen zu halten.

„Vivienne Sinclair ..." Sie ließ den Namen einen Moment auf sich wirken, bevor sie entschlossen fragte: „Wie kommen wir an sie heran?"

Leonard sagte: „Das ist das Problem. Sie lebt sehr zurückgezogen in London. Sie lässt sich selten auf Anfragen ein, meint Erik. Aber ich glaube, wenn wir ihr die Bedeutung dieses Gemäldes und der Geschichte dahinter klarmachen, könnte sie uns zuhören. Es wird nicht einfach, aber es könnte unsere einzige Chance sein, das Original zu finden."

Aurelia nickte langsam. Die Herausforderung war groß, doch gleichzeitig wusste sie, dass sie diesen Weg weitergehen musste. Es ging nicht mehr nur um ein Gemälde – es ging um die Wahrheit, um die

Geschichte und um das, was sie beide seit Wochen bewegt hatte.

„Wann fliegen wir nach London?" fragte sie schließlich, und ihre Stimme klang entschlossener, als sie sich fühlte.

Leonard war offensichtlich überrascht von ihrem schnellen Vorschlag, aber in seiner Stimme hörte Aurelia Begeisterung. „Sobald du bereit bist", antwortete er sanft.

Aurelia spürte, wie ein warmes Gefühl der Entschlossenheit sie durchströmte. „Ich bin bereit", sagte sie leise, aber fest.

Mia trat mit einem breiten Lächeln durch die Tür von Aurelias Atelier und sog den Duft von frischem Brot und Kräutern ein. „Es riecht fantastisch hier! Ich wusste, dass es eine gute Idee war, dich zu besuchen", sagte sie, während sie ihre Jacke über einen der Haken an der Wand warf und sich an den kleinen Tisch setzte, den Aurelia in der Ecke ihres Ateliers für das Abendessen vorbereitet hatte.

Aurelia lachte leise, während sie die letzten Scheiben von einem knusprigen Baguette abschnitt und sie auf einen Teller legte. „Ich wollte, dass es gemütlich wird. Wir haben uns viel zu wenig Zeit füreinander genommen in den letzten Wochen." Sie stellte eine Schale mit Olivenöl und frischen Kräutern in die Mitte des Tisches, bevor sie sich zu Mia setzte. „Und wie läuft es in deiner Boutique? Ich habe das Gefühl, du machst gerade alles richtig."

Mia strahlte. „Es läuft wirklich gut! Ich habe kürzlich eine neue Kollektion hereingeholt – so eine Mischung aus Boho und minimalistischen Linien. Und die Kunden lieben es! Die letzten Wochen waren ein ziemlicher Rausch, aber es hat sich gelohnt. Ich plane sogar eine kleine Modenschau nächste Saison, wenn alles gut geht." Sie schnappte sich eine Scheibe Brot und tunkte sie ins Olivenöl. „Aber genug von mir. Was ist mit dir? Du hast gesagt, dass du eine neue Serie fotografiert hast."

Aurelia nickte, ihr Blick fiel auf eine Mappe auf ihrem Regal, darin befanden sich Schwarz-Weiß-Aufnahmen von verlassenen Gassen, stürmischen Himmeln und dichten Nebelschwaden, die sie kürzlich gemacht hatte. „Ja, ich musste raus und den Kopf freibekommen. Es hat gut getan, einfach durch Berlin zu laufen und ohne Druck zu fotografieren." Sie stand auf, ging zu dem Regal und zog einige Fotos aus der Mappe heraus, die sie dann vor Mia auf dem Boden ausbreitete. „Hier, das sind ein paar der neuen Aufnahmen. Es war einer dieser typischen Berliner Nebelmorgen, als ich sie gemacht habe. Ich wollte die Stille und das Verborgene einfangen, das in solchen Momenten immer in der Luft zu liegen scheint."

Mia betrachtete die Fotos eingehend, ihre Augen funkelten vor Begeisterung. „Oh mein Gott, Aurelia, diese Bilder sind der Wahnsinn. Du hast wirklich ein Auge dafür, die Atmosphäre einzufangen. Die Schatten, das Licht – es ist, als ob man die Kälte und die Ruhe direkt spüren kann. Ich weiß, dass ich das oft sage, aber diese Fotos sind besonders... tiefgründig."

Aurelia schmunzelte und setzte sich wieder. „Danke, Mia. Es hat sich wirklich gut angefühlt, mal wieder ohne einen bestimmten Plan zu fotografieren. Einfach nur, um der Freude am Einfangen des Moments willen." Sie goss ihnen beiden ein Glas Rotwein ein, bevor sie sanft lächelte. „Und bevor ich es vergesse – es gibt Neuigkeiten."

Mia hob neugierig eine Augenbraue, nahm einen Schluck von ihrem Wein und lehnte sich gespannt zurück. „Oh? Was gibt's Neues? Ist es wegen der London-Reise?"

Aurelia stapelte die Foto-Ausdrucke und brachte sie zum Regal, schlichtete sie sorgsam wieder in die Mappe. Dann setzte sie sich wieder zu Mia und nickte langsam. „Ja, genau. Erik hat es tatsächlich geschafft. Erik hat die Adresse von Vivienne Sinclair gefunden."

„Die Vivienne Sinclair?" Mias Augen weiteten sich vor Überraschung.

„Ja, genau die", bestätigte Aurelia. „Er hat

Kontakt zu ihr aufgenommen und ein Treffen arrangiert. Leonard und ich fliegen so bald wie möglich nach London, um sie zu treffen." Aurelias Stimme war ruhig, aber man konnte das Knistern der Aufregung darin hören.

„Wow", sagte Mia, während sie die Neuigkeiten verdauen musste. „Ich hätte nie gedacht, dass Erik so ein fähiger Detektiv ist! Wir haben ab und zu telefoniert, aber über seine Nachforschungen hat er nichts erzählt. Na ja, das geht mich ja auch nicht unbedingt etwas an, das sind ja einstweilen noch verdeckte Ermittlungen."

Aurelia zuckte leicht mit den Schultern. „Selbstverständlich muss das alles geheim gehalten werden. Es geht ja um viel Geld. Und letztlich auch um Leonards Ruf und den seiner Galerie. Leonard sagt, Vivienne Sinclair hält sich sehr zurück und hat sich aus der Öffentlichkeit zurückgezogen. Aber Erik hat es geschafft, sie zu überzeugen, uns zu treffen. Jetzt liegt es an uns, die richtigen Fragen zu stellen und hoffentlich Antworten zu bekommen."

Mia beobachtete ihre Freundin einen Moment, dann beugte sie sich vor, ihre Stimme etwas sanfter. „Und was ist mit Leonard?"

Aurelia sah kurz auf ihren Teller, ihre Gedanken begannen zu kreisen. „Was meinst du?"

Mia zog eine Augenbraue hoch. „Na ja, ihr fliegt zusammen nach London. Ihr habt die letzten Wochen so viel Zeit miteinander verbracht. Ich frage mich, ob da nicht mehr zwischen euch ist als nur die Suche nach dem Gemälde."

Aurelia fühlte, wie ihre Wangen leicht erröteten. Sie nahm einen Schluck von ihrem Wein, bevor sie antwortete. „Selbstverständlich ist da mehr! Ich denke, London wird Klarheit bringen, für uns beide."

Mia nickte, ein mitfühlendes Lächeln auf den Lippen. „Das klingt vernünftig. Aber manchmal, Aurelia, muss man einfach den Sprung wagen. Es ist okay, die Dinge auf sich zukommen zu lassen. Aber wenn ich ehrlich bin – ich glaube, dass Leonard mehr für dich empfindet, als er zeigt."

Aurelia lächelte sanft. „Das hoffe ich."

Die beiden Freundinnen plauderten weiter, das Abendessen verlief in einer entspannten, herzlichen Atmosphäre. Die bevorstehende Reise nach London hing wie eine leise, aber beständige Erwartung in der Luft. Beide wussten, dass die kommenden Tage viel verändern konnten – nicht nur in Bezug auf das Gemälde, sondern auch für Aurelias Leben.

London begrüßte Aurelia und Leonard mit typisch grauem Himmel und einem leichten, kalten Regen, der über die gepflasterten Straßen tanzte. Aurelia blickte aus dem Fenster des Taxis, das sie zu ihrem Hotel brachte, und konnte nicht anders, als sich von der alten Eleganz dieser Stadt faszinieren zu lassen. Obwohl sie schon oft hier gewesen war, fühlte sich dieser Besuch anders an. Es war, als ob ein unsichtbares Geheimnis die Straßen und Gebäude umhüllte, etwas, das darauf wartete, entdeckt zu werden.

Leonard saß neben ihr, still und in Gedanken versunken, während sie durch die nassen Straßen fuhren. Sein Profil war im diffusen Licht des verregneten Nachmittags weich gezeichnet, aber die Anspannung, die in seiner Mimik lag, war deutlich zu erkennen. Diese Reise war mehr als nur eine einfache Suche nach einem Gemälde – es war die Jagd nach einer Wahrheit, die vielleicht viel größer und komplexer war, als sie sich jemals hätten vorstellen können.

„Fühlst du es auch?" fragte Aurelia schließlich leise, ihre Worte beinahe im leisen Rauschen des Regens verloren.

„Was meinst du?" Leonard drehte sich zu ihr um, seine Augen suchten ihren Blick, als ob er spüren wollte, was in ihr vorging.

„Diese... Spannung. Als ob wir kurz davor sind, etwas zu entdecken, das alles verändert." Sie hielt seinen Blick fest, versuchte, die

Unsicherheit in ihrem Inneren zu unterdrücken, während sie auf eine Antwort hoffte. Die letzten Wochen waren intensiv gewesen – und sie wusste, dass diese Reise möglicherweise der Wendepunkt sein würde, nicht nur für das Gemälde, sondern vielleicht auch für sie beide.

Leonard lächelte, ein stilles, fast melancholisches Lächeln, das seine Ernsthaftigkeit unterstrich. Seine Hand wanderte über den Sitz, und seine Finger berührten leicht ihre, wie eine unsichtbare Brücke, die zwischen ihnen errichtet wurde. „Ja, das fühle ich", sagte er sanft, seine Stimme klang leise und vertraut, als ob sie beide bereits unausgesprochene Dinge teilten. „Aber egal, was wir finden, ich bin froh, dass wir es zusammen tun."

Ihre Finger berührten sich flüchtig, und obwohl es nur eine leichte Geste war, war es, als ob eine Welle von Nähe durch den Raum strömte. Es war ein stiller Moment, zart und voller unausgesprochener Möglichkeiten. Aurelia spürte einen schnellen Herzschlag, während sie kurz den Blick abwandte, ihre Gedanken taumelten zwischen der Anspannung dieser Reise und der immer deutlicher werdenden Anziehung zu Leonard.

Als das Taxi vor ihrem Hotel in Kensington hielt, brach die plötzliche Bewegung die Magie des Moments, doch das Gefühl der Nähe blieb. Leonard half ihr aus dem Wagen, und sie spürte, wie seine Hand einen Moment länger in ihrer verweilte, bevor er sie losließ. Es war eine kleine Geste, aber es ließ Aurelia ein Kribbeln über den Rücken laufen.

Das Hotel war, wie sie es von Leonard erwartet hatte, elegant und stilvoll. Es lag in einer der ruhigeren Gegenden von Kensington, ein klassisches viktorianisches Gebäude mit hohen Decken, antikem Dekor und einer luxuriösen, aber unaufdringlichen Atmosphäre. Während sie die Lobby betraten, fielen Aurelia die schimmernden Kronleuchter auf, die den Raum in ein warmes, goldenes Licht tauchten, und die schweren Teppiche, die jeden Schritt dämpften.

An der Rezeption wurden ihnen zwei Zimmer zugewiesen – nebeneinander, durch eine Doppeltür verbunden. Leonard hatte diesen Umstand nicht explizit erwähnt, aber Aurelia konnte nicht anders, als kurz zu stocken, als sie die Schlüssel entgegen nahm. Während der gesamten Reise hatten sie eine respektvolle Distanz gewahrt, und doch spürte sie, dass die Verbindung zwischen ihnen tiefer ging, als sie es vielleicht zugeben wollten. Ihre Gefühle für Leonard waren gewachsen, aber sie wusste, dass es für beide wichtig war, nichts zu überstürzen. Dass Leonard ihnen getrennte

Zimmer gebucht hatte, gab ihr ein Gefühl von Sicherheit und Respekt.

Als sie in ihre Zimmer gingen, konnte Aurelia nicht anders, als die Doppeltür zu bemerken, die sie trennten, und die sie doch gleichzeitig verbunden ließ. Eine einfache Geste, aber sie trug eine Bedeutung in sich, die nicht ignoriert werden konnte. In dieser Nacht, dachte Aurelia leise, könnten sich Dinge ändern – aber sie wusste, dass es auf natürliche Weise geschehen musste. In ihrem Herzen hoffte sie verschämt, dass Leonard vielleicht an ihre Tür klopfen würde. Und doch war sie auch froh, dass er sie bisher nicht bedrängt hatte. Diese Langsamkeit, dieses langsame Voranschreiten, machte die Nähe zwischen ihnen nur intensiver.

Nachdem sie sich in ihren jeweiligen Zimmern frisch gemacht hatten, trafen sie sich in der Lobby, bereit, den nächsten Schritt ihrer Reise anzutreten. Die bevorstehende Begegnung mit Vivienne Sinclair lag wie ein Schatten über ihren Gedanken, doch für einen Moment genoss Aurelia die stillschweigende Nähe zwischen ihr und Leonard. Es war, als ob der bevorstehende Abend – vielleicht der letzte Moment der Ruhe vor den großen Enthüllungen – etwas Besonderes war, das nur ihnen beiden gehörte.

„Bereit?" fragte Leonard leise, als er sie in

der Lobby erwartete.

„Bereit", antwortete Aurelia, obwohl sie wusste, dass sie auf mehr als nur die bevorstehende Begegnung antwortete.

Als sie in das Abendlicht Londons hinaustraten, fühlte Aurelia eine Mischung aus Vorfreude und Nervosität in sich aufsteigen. Was auch immer die nächsten Tage bringen würden, sie wusste, dass ihre Beziehung zu Leonard an einem Wendepunkt stand – und dass sie bereit war, diesen Weg weiterzugehen, wohin auch immer er führen mochte.

Das Anwesen, in dem die letzte Erbin der Sinclair-Familie lebte, war ein imposantes Gebäude, das sich hinter hohen Mauern und einem eisernen Tor verbarg. Als sie durch das Tor traten, das mit einem leisen Knarren aufschwang, konnte Aurelia das Gefühl nicht abschütteln, dass sie sich einem Geheimnis näherten. „Das Haus sieht aus, als hätte es schon viel erlebt", bemerkte sie, während sie die prachtvolle Fassade betrachtete.

„Die Familie Sinclair hat eine lange und bewegte Geschichte", antwortete Leonard, während sie sich der schweren Holztür näherten. „Wenn Vivienne Sinclair Informationen über das Gemälde hat, könnte sie uns in eine Welt einführen, die wir uns nicht einmal vorstellen können."

Der Butler, der ihnen die Tür öffnete, war alt und würdevoll. Er musterte sie mit einer gewissen Strenge, bevor er sie ins Haus bat. Das Innere des Anwesens war ebenso beeindruckend wie seine Fassade – hohe Decken, dunkles Holz und an den Wänden Porträts von Sinclair-Vorfahren, deren Augen ihnen in Öl gemalt durch die Jahrhunderte hinweg folgten. Aurelia spürte einen leichten Schauder, als sie die dunklen Flure entlangging.

Schließlich führte der Butler sie in einen Salon, der von einem prasselnden Kamin erleuchtet wurde. Am anderen Ende des Raumes saß eine Frau, die trotz ihres offensichtlichen Alters eine aufrichtige Haltung und einen durchdringenden Blick hatte. Ihre Haare waren schneeweiß, aber kunstvoll zurückgesteckt, und ihre Augen beobachteten sie aufmerksam, als sie den Raum betraten.

„Mr. Falkenstein", sagte sie ruhig, aber mit einer bestimmten Stimme. „Und Sie müssen Ms. Sternberg sein." Ihr Blick war fast ein wenig abschätzend, aber Aurelia konnte auch eine unausgesprochene Neugier in ihren Augen erkennen.

Aurelia nickte und setzte sich auf einen der Stühle, die ihnen angeboten wurden. Leonard tat es ihr gleich, und sie warteten gespannt auf das, was kommen würde.

„Lady Sinclair", begann Leonard höflich, „vielen Dank, dass Sie uns empfangen haben. Wir sind hier, weil wir Informationen über ein Gemälde suchen, das Ihrer Familie gehörte – ein Werk von Samuel Carroway, *Frau am Teich.*"

Vivienne Sinclair hob eine Augenbraue, und für einen Moment schien ein schwaches Lächeln ihre Lippen zu umspielen. „*Frau am Teich*", wiederholte sie, als ob der Name ein lange vergessenes Echo in ihrer Erinnerung weckte. „Ihr Assistent, Mr. Erik Strobel, war ausgesprochen hartnäckig. Aber auch ausgesprochen charmant, das muss ich zugeben." Sie lächelte, nickte und fuhr dann fort: „Er hat mir erzählt, wer Sie sind, Mr. Falkenstein, ein renommierter Galerist, ich habe auch meine kleinen Nachforschungen über Sie gemacht, bevor ich eingewilligt habe, Sie zu empfangen. Und Sie, Ms. Sternberg, haben ja kürzlich einen Preis als Fotografin erhalten." Sie nickte den beiden anerkennend zu, beide lächelten. „Carroways Bild, das seit langem verschollen ist", meinte sie dann. „Warum glauben Sie, dass ich Ihnen dabei helfen kann?"

Leonard sah kurz zu Aurelia, bevor er fortfuhr. „Wir haben Hinweise darauf, dass das Originalgemälde im Besitz Ihrer Familie war, nachdem es vom Markt genommen wurde, damals, vor langer Zeit. Wir haben eine Version davon in meiner Galerie, es gab Zweifel an seiner Echtheit. Wir glauben, dass das Pendant, das die Frau mit Gesicht zeigt, noch existiert."

Vivienne Sinclair schwieg für einen Moment und stand dann langsam auf. Sie bewegte sich mit einer anmutigen Gelassenheit, die in starkem Kontrast zu ihrem Alter stand, und ging zum Kamin, wo sie das Feuer betrachtete, als ob sie in die Vergangenheit blickte. „Samuel Carroway war ein Freund meiner Vorfahren", begann sie schließlich. „Und das Gemälde, von dem Sie sprechen, war tatsächlich in unserem Besitz. Aber wie Sie vielleicht wissen, gibt es Gerüchte über Fälschungen und gestohlene Werke."

Aurelia spürte, wie ihr Herz schneller schlug. „Gestohlen?" flüsterte sie.

Lady Sinclair drehte sich um und sah sie mit einem scharfen Blick an. „Ja, vor langer Zeit. In einer Nacht, die viele Geheimnisse birgt. Niemand weiß, wohin es gebracht wurde. Doch ich habe immer vermutet, dass es nicht weit gekommen ist."

„Wissen Sie, wer es gestohlen hat?" fragte Leonard.

Vivienne Sinclair drehte sich langsam um, und zum ersten Mal zeigte sich ein Hauch von Emotion auf ihrem Gesicht. „Ich habe meine

Vermutungen, aber keine Beweise. Doch ich glaube, dass das Gemälde noch immer irgendwo existiert."

Die Spannung im Raum war greifbar. Leonard und Aurelia sahen Vivienne Sinclair aufmerksam an, doch die war in Gedanken versunken.

In diesem Moment öffnete sich die Tür leise, und der Butler trat ein. Auf einem silbernen Tablett balancierte er eine feine Porzellankanne Tee und Tassen, die fast zu schön aussahen, um sie zu benutzen. „Ihr Tee, Lady Sinclair", sagte er mit seiner tiefen, ruhigen Stimme und beabsichtigte, das Tablett auf einem kleinen Beistelltisch abzustellen.

Vivienne nickte dem Butler zu. „Danke, Walter. Stellen Sie den Tee doch hier ab." Sie deutete auf den kleinen Couchtisch vor ihr und machte eine einladende Geste zu Aurelia und Leonard. „Ich hoffe, Sie trinken Tee. Es gibt nichts Beruhigenderes als eine gute Tasse an einem kühlen Nachmittag."

Aurelia nickte. „Ja, das wäre wunderbar. Danke."

Leonard lächelte höflich. „Tee klingt perfekt."

Der Butler goss mit ruhiger Hand den Tee ein und reichte ihnen die feinen Tassen. Ein zarter Duft von Bergamotte erfüllte den Raum, und für einen Moment wirkte die Welt außerhalb des Sinclair-Anwesens weit entfernt.

„Ich habe gehört, dass das Wetter in Berlin im Moment recht wechselhaft ist", sagte Vivienne beiläufig, während sie ihre Teetasse an die Lippen führte. „Wie ist es für Sie, Ms. Sternberg? Finden Sie es nicht manchmal entmutigend, in so einem unbeständigen Klima zu leben, gerade als Fotografin?"

Aurelia lächelte und blies leicht über die heiße Tasse. „Es stimmt, das Berliner Wetter kann launisch sein. Aber ehrlich gesagt, hat es auch in dieser Jahreszeit seinen Reiz. Manchmal gibt es Momente, in denen das Licht durch die Wolken bricht und die Stimmung ganz plötzlich wechselt. Diese Momente sind unbezahlbar für die Fotografie."

Vivienne nickte und schien erfreut über die Antwort. „Das klingt wunderbar. Manchmal wünschte ich, ich hätte die Geduld, solche Dinge wahrzunehmen. Aber ich fürchte, meine Tage, in denen ich mich für Kunst und Schönheit begeistern konnte, liegen hinter mir."

Leonard, der seine Tasse zur Hand nahm, meinte: „Oh, ich glaube nicht, dass man je zu … nun ja, betagt ist, um Kunst und Schönheit zu schätzen. Sie haben es vielleicht nur ein wenig aus den Augen verloren."

Vivienne lachte belustigt, ein Klang, der den

Raum aufhellte.

Walter trat diskret zur Seite, als Vivienne, Aurelia und Leonard noch einen Moment in diesen alltäglichen Gesprächen verweilten. Sie sprachen über das Wetter in Berlin und London, über die Vorlieben bei verschiedenen Teesorten und ein wenig über Reisen, die sie in der Vergangenheit unternommen hatten.

„London hat seinen eigenen Charme", sagte Leonard und lehnte sich entspannt zurück. „Aber ich muss zugeben, Berlin hat etwas sehr Lebendiges. Besonders in der Kunstszene."

„Berlin war schon immer lebendig", fügte Aurelia hinzu. „Die Stadt hat eine Energie, die sich ständig verändert."

Vivienne stellte ihre Teetasse ab und sah beide lächelnd an. „Es scheint, als wären Sie beide an den richtigen Orten zur richtigen Zeit. Berlin und die Kunst – das passt zusammen."

Nach einer Weile waren die Tassen geleert und die entspannte Atmosphäre verblasste allmählich. Es war an der Zeit, zu den ernsteren Themen zurückzukehren – dem Gemälde, der verlorenen Liebe, der Wahrheit, die noch im Verborgenen lag. Die Gespräche nahmen ihre ursprüngliche Richtung ein, doch für diesen kurzen Moment war die klassische britische Tea-Time wie eine Brücke zu einem ruhigeren, vertrauteren Austausch gewesen.

„Ich denke, es wäre hilfreich, wenn wir mehr

über Lady Elizabeth erfahren könnten", schlug Leonard vor, während sein Blick über die Galerie der Ahnen an den Wänden des Salons entlang glitt.

Vivienne nickte zögerlich. „Hier an der Wand hängt kein einziges Bild von ihr. Elizabeths Bruder Edward war strikt dagegen und hat testamentarisch verfügt, dass keines ihrer Porträts öffentlich gezeigt werden darf. Aber es gibt einen Ahnenkatalog der Familie Sinclair, in dem alle wichtigen Mitglieder der Familie abgebildet sind, inklusive mehrerer Porträts von Elizabeth. Wenn es Ihnen hilft, sich ein besseres Bild von ihr zu machen, können Sie einen Blick hineinwerfen."

Aurelia warf Vivienne Sinclair einen fragenden Blick zu, wagte aber nicht, den Redefluss der eleganten Dame zu unterbrechen.

Vivienne Sinclair betrachtete das Feuer im Kamin, ihre Miene nachdenklich und für einen kurzen Moment entrückt. Als sie schließlich weitersprach, war ihre Stimme ruhig, aber erfüllt von einer tiefen Traurigkeit, die in den Raum zu dringen schien.

„Meine Familie ..." begann sie langsam, „hat eine lange Geschichte voller Geheimnisse, Traditionen und ... Pflichten. Pflichten, die uns allen aufgebürdet wurden, ohne dass wir eine Wahl hatten. Lady Elizabeth war nicht die

Einzige, die eine Liebe nicht leben durfte."

Aurelia und Leonard sahen sie schweigend an, spürten die Schwere der Worte, die Vivienne nach all den Jahren aussprach.

„Ich selbst ..." fuhr Vivienne fort und senkte leicht den Blick. „Ich habe jemanden geliebt. Jemanden, der für meine Familie nicht akzeptabel war. Es war nicht einmal Verhandlungssache. Die Antwort war einfach: nein. Und so ... ließ ich ihn gehen."

Sie machte eine Pause, bevor sie sich ihnen zuwandte, und in ihren Augen lag eine Mischung aus Reue und Entschlossenheit.

„Ich weiß, wie es ist, eine Liebe zu verlieren, nur weil es die Familie so will. Deshalb, als ich über Elizabeth und Carroway erfuhr, war es mir wichtig, dass ihre Geschichte nicht in den Schatten der Vergangenheit verschwindet. Es gibt so vieles, das meine Familie falsch gemacht hat. Zu viel, das wir aus Stolz oder falschen Ansichten zerstört haben. Lady Elizabeth hat eine Liebe gelebt, die meine Familie unterdrücken wollte, aber sie soll nicht im Dunkel bleiben."

Ihre Stimme wurde fester. „Ich kann meine eigene Vergangenheit nicht ändern. Aber ich kann sicherstellen, dass Elizabeth und Samuel Carroway die Anerkennung bekommen, die sie verdienen. Wenn es mir schon nicht vergönnt war, meine Liebe zu leben, dann will ich wenigstens sicherstellen, dass die Welt von der ihren erfährt. Es ist Zeit, dass die Fehler meiner Familie ans Licht kommen und nachträglich Gerechtigkeit für Elizabeth und ihre Liebe geschehen kann."

Vivienne stand mit einem leisen Seufzer auf. „Vielleicht ist das der einzige Weg, wie ich meinen Frieden mit der Vergangenheit schließen kann."

Sie ging zu einem Beistelltischchen und holte ein altes, ledergebundenes Buch. Sie schlug es auf und zeigte es Aurelia. Die Illustrationen darin wirkten, als könnten sie jeden Moment zerfallen, doch die Abbildungen waren gut erhalten. Vivienne blätterte vorsichtig zu einer Seite, auf der eine junge Frau abgebildet war – Lady Elizabeth Sinclair in verschiedenen Lebensphasen.

Aurelia beugte sich vor und betrachtete die Porträts eingehend. In jedem Bild strahlte Elizabeth dieselbe Anmut aus.

„Hier", sagte Vivienne und deutete auf ein weiteres Porträt, das Elizabeth in einem eleganten, langen Kleid zeigte, die feinen Gesichtszüge und die edle Haltung ihrer Familie unverkennbar. „Dies ist eines der berühmtesten Bilder von ihr. Es wurde kurz nach dem Tod ihrer Mutter gemalt."

Leonard studierte die Abbildung ebenfalls, seine Augen wanderten über die Details, die ihr Gesicht unverwechselbar machten. „Sie ist eine ganz besondere Schönheit gewesen. Aber sie versteckt etwas. Sie versteckt ihre Gefühle."

Aurelia nickte nachdenklich. „Ja, sie sieht so distanziert aus ..." Aurelia spürte, dass im Gesichtsausdruck von Lady Elizabeth Disziplin und Zurückhaltung vorherrschten.

„Das Original ... wir müssen das Originalgemälde von *Frau am Teich* finden", sagte Aurelia leise. „Dann können wir das Rätsel entschlüsseln, warum Lady Elizabeth so unnahbar auf diesen Bildern aussieht. Wo könnten wir denn nur anfangen zu suchen?" fragte sie unschlüssig.

Lady Sinclair ging zu einem alten Schreibtisch in der Ecke des Raumes, öffnete eine Schublade und nahm etwas hervor. „Ich habe all die Jahre über Nachforschungen angestellt", sagte sie, während sie eine abgegriffene altmodische Visitenkarte auf den Tisch legte. „Dies hier könnte Ihnen helfen. Es ist ein Hinweis darauf, wo das Gemälde zuletzt gesehen wurde."

Aurelia und Leonard beugten sich über den Tisch und betrachteten die alte Visitenkarte.

Edgar Chadwick
Antiquitäten und Kunst
67 Briar Hollow Lane
Woodbury, London E11 7QX

„Chadwick?", murmelte Leonard fragend und fügte dann hinzu: „... der Name kommt mir vage bekannt vor."

„Ein Mann, der damals viele Verbindungen zur Kunstszene hatte und womöglich mehr weiß, als er je preisgab", sagte Vivienne Sinclair, „er betreibt noch heute einen Antiquitätenladen in dieser Gegend."

Leonard runzelte die Stirn. „Glauben Sie, dass er etwas damit zu tun hat?"

Vivienne zögerte kurz, bevor sie antwortete. „Ich weiß es nicht. Aber wenn es jemanden gibt, der noch immer über die damaligen Ereignisse Bescheid wissen könnte, dann ist es dieser Chadwick."

„Danke, Lady Sinclair", sagte Leonard. „Das ist mehr, als wir erwartet haben."

Vivienne Sinclair nickte knapp. „Seien Sie vorsichtig", sagte sie leise. „Manche Dinge sollten lieber in der Vergangenheit bleiben."

Kapitel 13:

Der Kunsthändler

Die Fahrt durch die belebten Straßen Londons fühlte sich endlos an. Aurelia saß auf dem Beifahrersitz und konnte ihren Blick nicht von der alten Visitenkarte abwenden, die Vivienne Sinclair ihnen gegeben hatte. Sie spürte eine eigentümliche Spannung in ihren Händen, während sie das vergilbte Stück Papier betrachtete, das auf ein Gebiet am Rande der Stadt hinwies. Es war ein Ort, der einmal von Kunsthändlern und Antiquitätenläden dominiert worden war, jetzt jedoch verblasst und versteckt im Schatten Londons, einer Stadt, die sich ständig erneuerte.

Leonard lenkte den Mietwagen mit festen Händen, sein Blick konzentriert auf die enge Straße vor ihm. Das Auto hatte er an der Rezeption ihres Hotels organisieren lassen, eine praktische Lösung, die es ihnen ermöglichte, sich frei und flexibel in der Stadt zu bewegen. Leonard hatte darauf bestanden, selbst zu fahren – nicht nur aus praktischen Gründen, sondern weil er die Kontrolle behalten wollte. Die Situation entglitt ihnen bereits auf andere Weise, und zumindest hinter dem Steuer fühlte er sich, als könnte er etwas lenken.

Aurelia, die normalerweise gerne unterwegs Fotos machte und die Szenen um sich herum aufnahm, war zu angespannt, um ihre Kamera aus der Tasche zu holen. Ihr Blick wanderte immer wieder von der Karte zu den Straßen, die sich vor ihnen erstreckten, als ob sie die Geheimnisse, die sie suchten, bereits hinter den Straßenecken erahnte.

„Gut, dass das Hotel den Wagen so schnell organisiert hat", sagte Aurelia leise, um die Spannung im Auto etwas zu brechen.

Leonard nickte, die Augen fest auf die Straße gerichtet. „Ja, sie waren wirklich effizient. Ich dachte, es wäre besser, selbst zu fahren. Ich möchte nicht, dass wir unnötig Zeit verlieren." Er war immer noch tief in Gedanken, während er durch die unübersichtlichen Straßen Londons fuhr.

Aurelia wusste, dass Leonard recht hatte. Die Suche nach dem Originalgemälde war zu wichtig, um irgendetwas dem Zufall zu überlassen. Aber sie spürte auch die Last, die auf seinen Schultern lag – die Ungewissheit, ob sie überhaupt am richtigen Ort suchten, und die ständige Angst, dass sich alles als vergebens herausstellen könnte.

„Ich bin froh, dass wir es gemeinsam tun",

sagte sie plötzlich, ihre Stimme sanft und ehrlich.

Leonard lächelte und warf ihr einen kurzen Seitenblick zu. „Ich auch. Was auch immer wir finden – wir werden es zusammen herausfinden."

Ihre Hände lagen ruhig in ihrem Schoß, doch sie spürte die unterschwellige Spannung zwischen ihnen. Sie hatten so viel durchgemacht, und nun fuhren sie weiter in die Ungewissheit, ohne zu wissen, was sie am Ende der Straße erwartete.

Aurelia war nervös. Was, wenn sie falsch lagen? Was, wenn dieser Chadwick nur eine weitere Sackgasse war? Sie strich mit den Fingern über die Karte, als ob sie dort die Antwort finden könnte, die sie brauchten.

„Bist du sicher, dass das der richtige Weg ist?" fragte Leonard und lenkte den Wagen geschickt durch das verworrene Straßennetz. Seine Stimme klang ruhig, doch Aurelia konnte die unterschwellige Spannung erkennen.

Sie nickte, auch wenn ein kleiner Zweifel in ihr nagte. „Ja ... zumindest hoffe ich das." Ihre Augen versuchten, die verfallenen Straßenschilder zu entziffern, die Schrift war kaum noch zu lesen. Die Gassen wurden kleiner, enger, weniger gepflegt, fast vernachlässigt sah alles aus, je weiter sie sich vom geschäftigen Zentrum entfernt hatten, bis schließlich Stille über die Szenerie hereinbrach. Sie wusste, dass sie nicht einfach umkehren konnten – die einzige Spur führte sie hierher.

„Hier", sagte sie schließlich und deutete auf ein unscheinbares Gebäude, das in einer abgelegenen Seitenstraße lag. Ein verblichenes, hölzernes Schild über der Tür verkündete in abgenutzten Buchstaben den Namen „Chadwick's Antiquitäten und Kunst". Das Gebäude wirkte verlassen, doch das schwache Leuchten eines Fensters im oberen Stockwerk verriet, dass dort noch Leben war.

Leonard parkte den Wagen, und sie stiegen aus. Die kühle Londoner Luft, die schwer vom Nieselregen war, brachte einen sanften Hauch von Feuchtigkeit auf ihre Haut. Aurelias Herz begann schneller zu schlagen. Sie konnte das Gefühl nicht loswerden, dass sie auf dem Weg waren, etwas Wichtiges zu entdecken – etwas, das das Rätsel um das Gemälde lösen könnte.

Sie öffnete die knarzende Tür des Ladens, und ein leises Klingeln ertönte, als sie eintraten. Ein Duft von Staub, altem Holz und polierten Messingstücken hing schwer in der Luft. Der Laden war voller Regale, die bis zur Decke reichten und von Antiquitäten und Kunstwerken überquollen. Überall, wohin man sah, stapelten sich Relikte vergangener Zeiten – alte Gemälde, kleine Skulpturen, verblasste

Fotografien in antiken Rahmen. Chaos und Ordnung schienen in diesem Raum eine eigentümliche Balance zu finden.

„Kann ich Ihnen helfen?" Eine ruhige, tiefe Stimme drang aus dem Halbdunkel.

Aurelia und Leonard drehten sich gleichzeitig um und sahen einen alten Mann, der aus dem hinteren Teil des Ladens trat. Sein Haar war grau und ordentlich zurückgekämmt, eine runde Brille saß auf seiner Nase. Seine scharfen Augen musterten die beiden neugierig, als ob er versuchte, ihre Absichten zu durchschauen, während er mit langsamen, tastenden Schritten auf sie zuhumpelte, auf einen Stock gestützt.

„Sind Sie Mr. Chadwick?" fragte Leonard höflich.

Der Mann nickte. „Das bin ich. Wie kann ich Ihnen helfen?" Seine Stimme klang ruhig, fast sanft, aber unter der Oberfläche lauerte eine gewisse Vorsicht.

Aurelia und Leonard tauschten einen kurzen Blick. Leonard stellte sich und Aurelia vor, dann sagte er: „Wir suchen Informationen über ein Gemälde von Samuel Carroway – *Frau am Teich*. Wir haben Hinweise darauf, dass es in dieser Gegend zuletzt gesehen wurde, und Lady Vivienne Sinclair hat uns zu Ihnen geschickt."

Bei der Erwähnung des Namens Sinclair

blitzte ein Ausdruck in Chadwicks Augen auf – war es Überraschung? Oder etwas anderes? Doch er hielt seine Miene ruhig und verbarg seine Emotionen geschickt. „Lady Sinclair? Hm … Es ist lange her, dass ich diesen Namen gehört habe." Er zeigte auf einige alte Stühle in der Ecke des Raums. „Warum setzen wir uns nicht? Dann können Sie mir genau erzählen, wonach Sie suchen."

Aurelia und Leonard setzten sich an einen kleinen Tisch, auf dem eine alte Lampe ein schwaches, goldenes Licht verströmte. Chadwick nahm ihnen gegenüber Platz, faltete die Hände und blickte sie aufmerksam an.

„*Frau am Teich*", wiederholte er langsam, als ob der Name in ihm alte Erinnerungen weckte. „Ja, ich erinnere mich an die Gerüchte über das Gemälde. Es muss ein wirklich schönes Stück gewesen sein, viele meinten, es wäre Carroways Meisterwerk. Kaum jemand kannte es, vielleicht sogar niemand … und dann galt es eines Tages als verschollen, verschwunden."

Leonard lehnte sich vor. „Wissen Sie, was mit dem Gemälde passiert ist?"

Chadwick zögerte kurz, als ob er seine Antwort sorgfältig abwägte. „Es gibt viele Gerüchte, wie Sie sich vorstellen können. Einige sagen, es sei bei einem Brand zerstört worden. Andere glauben, es wurde gestohlen.

Aber ich … weiß, dass es nicht zerstört wurde. Es wurde versteckt – an einem Ort, den inzwischen niemand mehr kennt."

Aurelia spürte, wie sich ihre Neugier in ihr aufbaute. „Versteckt? Warum?"

Chadwick ließ seinen Blick für einen Moment auf dem Tisch ruhen, bevor er leise antwortete: „Die Gesellschaftswelt und die britische High Society ist durch Skandale immer gefährdet. Und dann stellte das Werk von Carroway natürlich auch einen immensen materiellen Wert dar. Einige Menschen würden alles tun, um ein solches Gemälde in ihre Hände zu bekommen. Die Sinclairs wollten sicherstellen, dass es nicht in die falschen Hände geriet. Sowohl, was den Ruf der Familie betraf, als auch den Wert des Bildes. Es wurde fortgeschafft, an einen Ort, den die Familie damals als sicher erachtete."

Leonards Stirn legte sich in Falten. „Und wissen Sie, wo sich dieser Ort befindet?"

Chadwick schien für einen Moment zu zögern, bevor er langsam nickte. „Ja … aber es ist nicht so einfach, dorthin zu gelangen. Der Ort liegt außerhalb Londons, in einem alten Herrenhaus, das einst einem engen Freund der Sinclairs gehörte. Seit Jahren steht es verlassen. Kaum jemand weiß heute noch, dass es existiert."

Aurelia hielt den Atem an. „Könnten Sie uns

dorthin führen?"

Chadwick sah sie mit einem durchdringenden Blick an, und für einen Moment schien er zu überlegen, ob er ihnen trauen konnte. Schließlich schüttelte er den Kopf. „Nein. Ich bin zu alt für solche Unternehmungen. Aber ich kann Ihnen eine Karte geben, die Sie dorthin führt." Seine Augen verengten sich leicht, als er fortfuhr: „Seien Sie sich jedoch bewusst, dass nicht alle Geheimnisse gelüftet werden sollten. Manche Dinge sind besser verborgen."

Der Schauer, der Aurelia über den Rücken lief, ließ sie frösteln, doch sie nickte. „Wir sind bereit, das Risiko einzugehen."

Chadwick stand langsam auf und ging zu einem alten Schrank in der Ecke des Raumes. Nachdem er darin ein wenig gekramt hatte, zog er eine vergilbte Karte heraus und legte sie vor ihnen auf den Tisch. „Das hier ist der Weg zum Herrenhaus. Es liegt in den Cotswolds, einem ländlichen Gebiet außerhalb von London. Es ist abgelegen, schwer zu finden. Aber mit dieser Karte werden Sie es schaffen."

Aurelia beugte sich über die Karte und sah die handgezeichneten Markierungen, die die genaue Lage des Herrenhauses zeigten. Der Weg war verschlungen, führte durch Wälder und über alte Landstraßen. Doch sie spürte, dass sie auf dem richtigen Pfad waren.

Das leise Ticken einer alten Standuhr erfüllte den Raum, und der Kunsthändler schien einen Moment lang nach Worten zu suchen. Seine Finger glitten über die Kanten der vergilbten Karte. Leonard bemerkte seine Zögerlichkeit.

„Warum haben Sie nie selbst nach dem Gemälde gesucht?" fragte Leonard plötzlich, während er Chadwick direkt ansah. „Sie scheinen zu wissen, wie wichtig es ist?"

Chadwick hob den Blick und seufzte, als hätte er diese Frage schon oft sich selbst gestellt. „Das Gemälde war immer ein Rätsel, eines von vielen, die durch die Londoner Kunstszene geisterten. Es gab Gerüchte, Spekulationen, aber nichts Greifbares. In meinen jungen Jahren habe ich mich durchaus dafür interessiert. Doch der Druck, die Verantwortung – es wurde irgendwann zu viel. Ich war nicht bereit, die Geister der Vergangenheit aufzurühren."

Er hielt inne, seine Augen verloren sich kurz im Raum, als ob er in eine andere Zeit zurückblickte.

„Aber vor etwa zehn Jahren", fuhr er fort, „wurde mir ein Nachlass angeboten. Eine alte Familie, deren Namen kaum noch jemand kannte. Ich sortierte die Papiere durch, nichts davon schien sonderlich wertvoll. Doch da, versteckt zwischen alten Manuskripten und

Radierungen, fand ich eine Karte, handgezeichnet und mit Markierungen versehen. Sie war alt und stammte eindeutig aus der Zeit von Carroway. Zunächst habe ich mir nichts weiter dabei gedacht, bis ich den Namen ‚Sinclair' entdeckte."

„Warum haben Sie diesen Hinweis nicht weiterverfolgt?" fragte Aurelia vorsichtig. „Wenn Sie geahnt haben, dass dies zum Gemälde führt?"

Chadwick legte die Karte vorsichtig auf den Tisch, als wäre sie ein wertvolles Relikt. „Zu dem Zeitpunkt war die Suche nach dem Gemälde ... eine gefährliche Angelegenheit. Es war mehr als nur ein verlorenes Gemälde – die Sinclair-Familie ist mächtig, selbst in der Stille ihrer Geschichte. Und es gab zu viele offene Fragen, zu viele Leute, die Interesse an diesem Werk hatten, von denen einige nicht gerade ... wohlgesonnen waren. Ich wollte mich nicht einmischen, nicht riskieren, in die Intrigen dieser alten Familien verwickelt zu werden, deren Machtstruktur unüberschaubar ist."

Er schaute Leonard und Aurelia direkt an. „Doch jetzt sind Sie hier. Sie sind auf der Suche nach der Wahrheit, und ich spüre, dass es an der Zeit ist, die Sache endlich zu Ende zu bringen. Das ist der einzige Grund, warum ich Ihnen die Karte gebe. Ich hatte immer das Gefühl, dass ich sie an jemand anderen weitergeben müsste, der die Stärke und den Willen hat, die Wahrheit zu finden. Und außerdem denke ich, dass auch Vivienne Sinclair endlich mit der Vergangenheit Frieden schließen will. Ansonsten hätte sie Sie niemals zu mir geschickt."

Leonard nahm die Karte behutsam in die Hand. „Und was erwarten Sie im Gegenzug?" fragte er skeptisch.

Chadwick lächelte. „Nichts, Mr. Falkenstein. Vielleicht nur, dass Sie vorsichtig sind. Immerhin geht es um ein ausgesprochen wertvolles Gemälde."

„Gerade deshalb verstehe ich nicht, weswegen Sie sich nicht doch auf die Suche danach gemacht haben?"

„Geld ist nicht alles", antwortete Chadwick leichthin. „Ich habe keine Kinder, keine Erben. Lediglich dieses wundersame Haus hier, in dem ich glücklich bin. Und ich will glücklich bleiben, unbehelligt von Medienrummel oder gar Reichtum." Er stand auf und reichte ihnen mit einem überaus freundlichen Lächeln die Hand.

„Vielen Dank, Mr. Chadwick", sagte Leonard, während er die Karte sorgsam zusammenrollte. „Das ist mehr, als wir erwartet hatten."

Chadwick nickte langsam, doch in seinen Augen lag etwas, das sie beunruhigte – eine

Mischung aus Sorge und Bedauern. „Seien Sie vorsichtig", sagte er nochmals leise.

Aurelia verspürte einen leichten Schauer bei seinen Worten. Sie nickte zwar, aber in ihr wuchs das Verlangen, weiterzumachen. „Wir wissen, worauf wir uns einlassen."

Chadwick sah sie beide für einen Moment an, bevor er in einem kaum hörbaren Flüstern sagte: „Ich hoffe, Sie haben recht."

Zurück im Wagen betrachtete Aurelia die alte Karte, die auf ihrem Schoß lag, und versuchte die Bedeutung von Chadwicks Warnungen zu begreifen. Sie spürte ein wachsames Unbehagen – als ob sie sich auf ein Abenteuer eingelassen hatten, das gefährlicher war, als sie zunächst vermutet hatte. Das versteckte Herrenhaus, das verlorene Gemälde – es klang wie etwas aus einem alten Kriminalroman, und doch war die Realität viel greifbarer und bedrohlicher.

„Was denkst du?" fragte Leonard schließlich, während er die engen, dunklen Straßen durchquerte. Seine Augen ruhten einen Moment lang auf ihr, und in seinem Blick lag dieselbe Mischung aus Neugier und Sorge, die auch sie fühlte.

„Ich denke ..." Aurelia hielt inne, während sie überlegte, wie sie es ausdrücken sollte. „Ich denke, dass wir es versuchen müssen. Wenn das Gemälde wirklich dort ist, dann müssen wir es finden. Es könnte der einzige Weg sein, die Wahrheit ans Licht zu bringen."

Leonard nickte und legte seine Hand leicht auf ihre, ein Ausdruck von Vertrauen und Entschlossenheit. „Dann fahren wir morgen los."

Aurelia hielt die Karte fest und nickte. Die Suche begann gerade erst. Sie wusste, dass diese Reise nicht nur eine Jagd nach einem verlorenen Kunstwerk war. Es war der Schlüssel zu einer verborgenen Wahrheit, die alles verändern würde – für sie, für Leonard, und vielleicht für die ganze Kunstwelt.

Kapitel 14:

Ein Herrenhaus in den Cotswolds

Die Fahrt aus dem lebhaften Londoner Zentrum hinaus in die ländlichen Weiten der Cotswolds verlief zunächst in angespanntem Schweigen. Aurelia hielt die alte, handgezeichnete Karte auf ihrem Schoß, ihre Finger glitten immer wieder über die Linien, als würde sie so die Geheimnisse, die sich hinter diesen Markierungen verbargen, spüren können. Die weiten Felder und sanften Hügel schienen sie in eine andere Zeit zu versetzen – fernab der hektischen Straßen Londons, fernab von den Menschen und der Gegenwart, die sie zu kennen glaubten. Hier draußen schien die Vergangenheit noch lebendig zu sein, als könnte jedes Haus, jeder Baum eine Geschichte erzählen.

Leonard fuhr konzentriert, seine Hände fest um das Lenkrad, während die Straßen immer schmaler und verworrener wurden. Stille breitete sich im Wagen aus, doch es war keine entspannende Ruhe – es war die Art von Stille, die nur die wachsende Anspannung überdeckte. Sie sprachen kaum, aber Aurelia spürte, dass auch Leonard mit jedem Kilometer nervöser wurde. Der Gedanke, dass sie kurz davor standen, das verschollene Gemälde zu finden, war elektrisierend, doch gleichzeitig lastete ein unbestimmtes Unbehagen auf ihnen.

„Das müsste hier sein", sagte Aurelia schließlich und deutete auf eine Biegung, die in einen fast unsichtbaren Pfad mündete. Der Weg war kaum mehr als eine schmale Schotterstraße, die von hohen Bäumen gesäumt war, deren Äste sich wie knorrige Finger über die Straße neigten und das Sonnenlicht fast vollständig blockierten. Es war, als hätte die Natur diesen Ort für sich beansprucht und wollte niemanden hereinlassen.

Leonard zögerte einen Moment, bevor er das Auto in den Weg lenkte, der sich durch das dichte Gestrüpp schlängelte. Die Äste kratzten am Wagen entlang, während sie immer tiefer in das vergessene Land eindrangen. Es fühlte sich an, als reisten sie nicht nur in eine abgelegene Gegend, sondern auch in die Vergangenheit selbst – ein Ort, der von der modernen Welt vergessen worden war.

Nach einer weiteren halben Stunde, in der der Pfad immer enger und verwilderter wurde, tauchte das Herrenhaus schließlich vor ihnen auf. Es stand da wie ein Geisterschloss, mitten in einem überwucherten Park, in dem die Bäume und Sträucher sich ungehindert ausbreiten konnten. Das einst prachtvolle Anwesen war nun ein verwittertes Relikt der Vergangenheit, die Mauern waren von der Zeit gezeichnet, der Putz blätterte ab, und die Fenster waren schwarz und leer – Augen, die auf eine vergessene Vergangenheit starrten.

„Das muss es sein", sagte Leonard leise und brachte den Wagen zum Stehen. Seine Stimme klang angespannt, als ob die Schwere des Moments auch ihn erfasst hätte.

Aurelia stieg aus dem Wagen und ließ ihren Blick über das alte Haus gleiten. Es hatte eine seltsame Aura, eine Mischung aus Verlassenheit und verborgener Geschichte. Der Wind wehte sanft durch die Bäume, und für einen Moment hatte sie das Gefühl, dass sie beobachtet wurden – von den Schatten der Vergangenheit, die immer noch über diesem Ort wachten.

„Wir müssen rein", sagte sie schließlich, obwohl ihre Stimme weniger sicher klang, als sie es sich gewünscht hätte.

Das Innere des Hauses war noch unheimlicher als die Fassade. Der Geruch von Moder und Staub lag schwer in der Luft, und ihre Schritte hallten durch die verlassenen Räume wider, als ob das Haus auf sie reagierte. Es wirkte, als sei es seit Jahrzehnten nicht mehr betreten worden, und doch schien alles in einer seltsamen Ordnung zu stehen – als hätte jemand das Haus in Eile verlassen und alles zurückgelassen. Die Möbel, die vergilbten Bücher in den Regalen, selbst die Bilder an den Wänden wirkten, als würden sie warten – auf jemanden, der ihre Geheimnisse entdeckt.

„Wie genau suchen wir denn hier nun eigentlich?" fragte Leonard, während sie einen der langen Flure entlanggingen. Seine Stimme klang leise und gedämpft, als ob er den Raum nicht stören wollte.

Aurelia hielt die Karte in der Hand, die Mr. Chadwick ihnen gegeben hatte. „Chadwick hat angedeutet, dass das Gemälde hier versteckt sein könnte. Aber er hat nicht gesagt, wo genau. Wir müssen nach Hinweisen suchen – vielleicht gibt es einen geheimen Raum oder ein Versteck, das nicht sofort auffällt." Sie versuchte, sich auf die Aufgabe zu konzentrieren, doch die Atmosphäre des Hauses ließ ihre Gedanken immer wieder abschweifen. Das Haus schien zu flüstern, als ob es ihnen etwas sagen wollte, das sie noch nicht verstehen konnten.

Sie begannen, die Räume systematisch zu durchsuchen. Jeder Raum erzählte eine eigene Geschichte – von den abgenutzten Möbeln bis hin zu den verblassten Wandtapeten, die in den Ecken von Feuchtigkeit und Zerfall geprägt waren. In manchen Zimmern standen noch alte Spiegel, deren Glas von der Zeit getrübt war, und Aurelia konnte sich vorstellen, wie vor langer Zeit Menschen in diesen Spiegeln ihr Spiegelbild betrachtet hatten, bevor sie in eine andere Zeit aufbrachen. Doch es gab keinen Hinweis darauf, wo das Gemälde versteckt sein könnte.

Mit jedem verstrichenen Moment wuchs die Anspannung in Aurelia. Was, wenn sie sich geirrt hatten? Was, wenn das Gemälde gar nicht mehr hier war? Ihre Schritte wurden schneller, als sie durch die Flure eilte, und sie konnte das Gefühl nicht abschütteln, dass die Mauern des Hauses auf ihnen lasteten – als ob sie etwas verschwiegen.

Während sie sich weiter durch das alte Herrenhaus bewegten, führte ihre Suche Aurelia und Leonard schließlich in eine verstaubte Bibliothek. Die Regale waren voll von alten Büchern, und der schwere Geruch von Leder und Staub hing in der Luft. Aurelia war fasziniert von der Atmosphäre des Raumes – er wirkte, als sei er seit Jahrzehnten nicht betreten worden. Es war, als ob die Zeit hier stillgestanden hatte.

Aurelias Aufmerksamkeit wurde von einem antiken Schreibtisch in der Ecke des Raumes angezogen. Der Schreibtisch war mit einer dicken Staubschicht bedeckt, aber es war klar, dass hier einst Briefe und Dokumente aufbewahrt worden waren.

Als sie die Schubladen öffnete, fand sie zunächst nur leere Blätter und alte, vergilbte Papiere, die von der Zeit gezeichnet waren.

Leonard kam zu ihr und betrachtete den alten Schreibtisch. „So einen hatte mein Vater auch, da gibt es irgendwo ein verstecktes Fach", meinte er nachdenklich. Gemeinsam untersuchten sie die einzelnen Schubladen, bis sie tatsächlich in der letzten, untersten Schublade eine Vorrichtung fanden, die durch leichten Druck ein verstecktes Fach öffnete. Und darin befand sich ein alter Umschlag mit einem eleganten Siegel.

Aurelia öffnete den Umschlag vorsichtig, das Papier war brüchig und zerfiel beinahe in ihren Händen. Doch die Worte auf der vergilbten Seite waren noch deutlich zu lesen. Es handelte sich um einen handgeschriebenen Brief, unterzeichnet mit den Initialen „S.C." – Samuel Carroway.

„Meine geliebte Elizabeth!

Gibt es denn noch irgendeinen Ausweg? Niemand darf je erfahren, was wir teilen. Dein Bruder wird unsere Verbindung niemals verstehen, und die Welt darf unsere Wahrheit nicht kennen. Das Bild, das ich von dir gemalt habe, ist unsere letzte Zuflucht – ein stiller Zeuge dessen, was nur uns gehört."

Aurelia und Leonard lasen die Zeilen schweigend, die Schwere der Worte lag auf ihnen. Dieser Brief war der endgültige Beweis für die tiefe, verborgene Verbindung zwischen Samuel Carroway und Lady Elizabeth Sinclair. Der Grund, warum das Pendant versteckt worden war, wurde nun klarer – es war nicht nur ein Kunstwerk, sondern ein Symbol für eine verbotene Liebe.

„Schau dir das an", sagte Aurelia und deutete auf eine Stelle an der Wand. Leonard kam näher und sah genauer hin.

Es war ein großer, leerer Platz über dem Kamin – eine leere Stelle, die eindeutig für ein Gemälde vorgesehen war. Die Umrisse des Rahmens waren noch im Staub zu erkennen, der die Wand bedeckte, doch das Gemälde selbst war verschwunden.

„Das muss es gewesen sein", murmelte Leonard, seine Stimme nachdenklich. „Aber wenn es hier war, wurde es vor langer Zeit entfernt."

Aurelia trat näher an den Kamin heran, als plötzlich eine winzige, fast unsichtbare Kerbe am Rand des Kamins ihre Aufmerksamkeit erregte. Sie fuhr mit den Fingern darüber und spürte, dass sie sich bewegen ließ. Ein leises Klicken erklang, und der Kamin schob sich mit einem leisen Knirschen beiseite, als ob ein verborgener Mechanismus in Gang gesetzt worden war.

Leonard sah sie überrascht an. „Das ist es!"

Ohne zu zögern, holte Aurelia ihr Handy hervor und schaltete die Taschenlampe ein. Sie leuchtete in einen dunklen Gang, der sich dahinter auftat. Eine enge, steinerne Wendeltreppe führte hinunter in die Dunkelheit, und der Weg schien endlos und bedrückend.

„Es könnte ja vielleicht sein, dass irgendjemand irgendetwas hier unten versteckt hat", sagte sie mit einem Anflug von Nervosität. „Komm, wir müssen runtergehen."

Die Wendeltreppe war eng und unheimlich, und mit jedem Schritt, den sie machten, schienen die Schatten tiefer und die Dunkelheit dichter zu werden. Ihre Schritte hallten in der bedrückenden Stille, als sie tiefer und tiefer stiegen, bis sie schließlich auf einem kalten, steinernen Boden ankamen.

Vor ihnen erstreckte sich ein großer unterirdischer Raum, der vielleicht einst als Weinkeller gedient hatte, doch die Kisten und Regale waren längst leer und zerfallen. Der Raum wirkte, als hätte er seit Jahrhunderten niemanden mehr gesehen.

„Und du glaubst wirklich, dass wir hier etwas finden?" fragte Leonard, als er sich umblickte, doch es schien, als wäre der Raum so verlassen wie das restliche Haus.

Aurelia leuchtete mit ihrem Handy umher, ihre Gedanken rasten. Sie suchten den Raum systematisch ab, bis Aurelia plötzlich auf eine alte, verstaubte Kiste stieß, die am Rand des Raumes stand – zugedeckt und vergessen.

„Hier", rief sie aufgeregt und zog das staubige Tuch beiseite. Darunter lag ein großer, massiver Holzkasten. Leonard trat näher, und gemeinsam öffneten sie den schweren Deckel.

Darin lag, sorgfältig in alte Seide gewickelt, etwas, das durchaus ein Gemälde sein könnte.

Aurelia hielt den Atem an, als sie die Seide vorsichtig zurückschlug und das Bild darunter zum Vorschein kam. Es war das Originalgemälde *Frau am Teich*.

Aurelia fühlte einen Moment tiefer Befriedigung, als sie das Bild betrachtete. Sie hatten es gefunden. Das verlorene zweite Werk von Samuel Carroway, das so lange verschollen gewesen war, lag nun vor ihnen.

Aurelia und Leonard standen regungslos vor dem Gemälde, als die letzten Falten des Seidentuchs, das es verdeckt hatte, zu Boden glitten. Es war *Frau am Teich*, aber anders, als sie es bisher gesehen hatten. Während das Bild in Leonards Berliner Galerie nur eine vage, von hinten gesehene Gestalt gezeigt hatte, die den Betrachter in eine geheimnisvolle Ferne führte, war dies hier eindeutig: Die Frau auf dem Gemälde hatte ihren Kopf gewendet und blickte direkt in die Augen des Betrachters. Ihre Gesichtszüge waren klar und eindeutig, so als hätte Samuel Carroway ihre Seele selbst eingefangen.

Aurelia stockte der Atem, als sie das Gesicht erkannte. „Das ist ...", begann sie und schluckte. Ihre Stimme zitterte leicht.

Leonard trat einen Schritt näher, seine Augen auf das Gesicht der Frau fixiert. „Lady Elizabeth ...", flüsterte er, als die Erkenntnis ihn traf.

Die Porträts im Katalog von Vivienne Sinclair hatten Elizabeth mit formellem, nahezu distanziertem Ausdruck gezeigt. Auf jedem jener Porträts war ihr Gesicht makellos, ihre Haltung würdevoll – die klassischen Merkmale einer Frau ihres Standes. Doch es gab nichts, das etwas über ihre inneren Gefühle verraten hätte. Ihr Blick war immer ruhig, kontrolliert, und verriet keine Emotionen. Es war der Blick einer Dame, die sich ihrer gesellschaftlichen Rolle bewusst war, der nichts preisgab und keine Fragen offenließ. Ein neutraler Ausdruck, der von ihrer Pflicht und ihrem Status geprägt war, und nicht von ihren persönlichen Empfindungen.

Doch als Aurelia und Leonard das verschollene Originalgemälde *Frau am Teich* anblickten, veränderte sich ihr Eindruck von Elizabeth. Auf diesem Bild blickte Lady Elizabeth Sinclair direkt in die Augen des Betrachters, und ihr Ausdruck war völlig verändert. Sie sah den Betrachter nicht einfach nur an – in ihren Augen lag eine tiefe Sehnsucht und Leidenschaft. Es war, als würde sie in die Seele dessen blicken, der das Bild ansah, und gleichzeitig ihre eigene verletzliche Seite offenbaren.

Ihre Augen, die auf den Porträts in Viviennes Ahnenkatalog so kontrolliert und reserviert gewesen waren, sprachen jetzt von einer inneren Zerrissenheit. In diesem Blick lag Liebe – eine Liebe, die sie tief in sich verborgen gehalten hatte. Aber es war nicht nur Liebe. Da war auch Schmerz, der Schmerz des Verzichts, des Nicht-gehört-Werdens. Es war, als hätte sie diese verbotene Leidenschaft in ihrem Inneren tragen müssen, unfähig, sie der Welt zu zeigen.

Dieser Blick auf dem Gemälde verriet alles, was die Porträts im Katalog verborgen hatten. Hier war nicht die Lady Elizabeth, die die Welt kannte, sondern die Frau, die Samuel Carroway geliebt hatte. Es war ein Blick, der ihre innere Welt offenbarte – eine Welt, die sie vor der Gesellschaft verstecken musste, aber die Carroway eingefangen hatte, als er sie malte. Es war, als ob er der Einzige gewesen war, der sie wirklich gesehen hatte.

Leonard und Aurelia konnten die Intensität dieser Gefühle spüren, als sie vor dem Gemälde standen. Das Bild erzählte nicht nur eine Geschichte von Liebe, sondern von einer Frau, die sich zwischen Pflicht und Leidenschaft entscheiden musste, und deren Gefühle nun endlich in der Unendlichkeit der Kunst ihren Ausdruck gefunden hatten.

„Das ist sie", bestätigte Aurelia. „Lady Elizabeth Sinclair. Endlich!"

Sie konnte sich nicht von dem Bild lösen. Das Gesicht der Frau hatte etwas Erhabenes und zugleich Trauriges, als würde sie mit einem Wissen über die Zukunft in die Augen der Betrachter blicken – eine Zukunft, die sie und Carroway vielleicht niemals haben konnten.

„Auf dem Bild, das ich in der Galerie ausgestellt habe, sieht man nur ihren Rücken", murmelte Leonard. „Hier hat Carroway es gewagt, sie frontal abzubilden."

„Wenn jeder sofort erkannt hätte, dass es sich um Lady Elizabeth handelt, wäre die geheime Beziehung zwischen ihr und Carroway sofort ans Licht gekommen", sagte Aurelia, „und der Skandal wäre perfekt gewesen."

Leonard nickte langsam, immer noch fasziniert von den Details des Gemäldes. „Das erklärt, warum das Bild versteckt wurde …

und warum ihr Bruder Edward Sinclair alles daran setzte, die Wahrheit zu verbergen."

Aurelia nickte: „Der verklärte und eindeutig verliebte Ausdruck ihrer Augen spricht Bände!"

Kapitel 15:

Verborgene Geheimnisse

Die Entdeckung des Originalgemäldes *Frau am Teich* hatte eine tiefe Unruhe in Aurelia und Leonard geweckt, die durch den Fund des Briefes nur noch verstärkt wurde. Der Name Samuel Carroway prägte sich jetzt tiefer in ihre Gedanken ein, als sie sich die Konsequenzen seiner geheimen Beziehung zu Lady Elizabeth Sinclair vorstellten. Doch während das Gemälde vor ihnen lag, war ihnen beiden klar, dass es mehr Fragen aufwarf, als es beantwortete.

„Es ist wunderschön", flüsterte Aurelia, während sie die Pinselstriche des Originals musterte. Die Farben schienen lebendig, fast so, als hätte der Künstler sie in einem Augenblick eingefangen, in dem das Licht das ganze Bild in Bewegung brachte. Es war ein Meisterwerk – die *Frau am Teich*, mit ihrem Rücken zu ihnen gewandt, die sanften Wellen des Wassers, das leicht bewegte Gras. Das Bild in Leonards Galerie war perfekt, strahlte jedoch keine Emotionen aus. Hier lag das wahre Werk, und die Intensität dieses Pendants ließ ihnen den Atem stocken.

Nachdem sie das Gemälde vorsichtig wieder in die Kiste gelegt hatten, begaben sich Aurelia und Leonard zurück in den Hauptteil des Herrenhauses. Die Dunkelheit im Keller hatte ihnen einen Vorgeschmack auf die unentdeckten Geheimnisse gegeben, doch die oberen Räume des Hauses versprachen weitere Antworten.

Die alte Bibliothek des Hauses war eine Schatzkammer längst vergessener Manuskripte und Bücher. Die dicken, verstaubten Wälzer wirkten, als seien sie seit Jahrzehnten nicht mehr bewegt worden. Einige Bände waren so alt, dass ihre Seiten brüchig und vergilbt waren. Leonard begann, durch die Regale zu streifen, während Aurelia sich dem Schreibtisch näherte, der am großen Fenster stand. Auf dem Schreibtisch lagen alte Notizen, sorgfältig aufeinander gestapelt, als hätte jemand seine Arbeit in Eile unterbrochen und nie zurückgefunden.

Aurelia spürte, wie ihre Finger leicht über die alten Papiere glitten, als sie den Brief entdeckte, der nur den Namen „Elizabeth" trug. Ihre Augen weiteten sich, als sie das zerbrechliche Pergament entfaltete. Die Worte darauf waren sorgfältig geschrieben, und obwohl die Tinte an einigen Stellen verblasst war, konnte sie den Inhalt klar entziffern:

„Meine geliebte Elizabeth, Wir haben die

Entscheidung getroffen, das Gemälde zu verbergen. Unsere Verbindung muss im Verborgenen bleiben. Die Welt darf niemals erfahren, was zwischen uns war, so tragisch das ist. Du bist meine größte Muse, aber auch mein größtes Geheimnis. Niemand darf je erfahren, dass du mehr als nur eine Inspiration warst. Wenn die Zeit kommt, wird die Wahrheit ans Licht kommen, aber bis dahin muss das Gemälde sicher bleiben. S.C."

Aurelia las die Worte erneut und spürte, wie sich ein Kribbeln in ihrem Nacken ausbreitete. Diese Zeilen waren ein weiterer eindeutiger Beweis, dass Samuel Carroway und Lady Elizabeth nicht nur Künstler und Muse, sondern Geliebte gewesen waren. Doch das Wissen darum fühlte sich an, als trage es eine noch schwerere Last. Die Geheimhaltung ihrer Beziehung war unverrückbar und unausweichlich gewesen.

„Leonard", rief sie leise, „komm her und sieh dir das an."

Leonard kam herüber, und sein Blick fiel auf den Brief. Er las ihn aufmerksam durch und sah dann zu Aurelia auf. „Das bestätigt alles", sagte er leise. „Ihre Beziehung war nicht nur eine flüchtige Romanze. Es war eine Verbindung, die sie vor der Welt verbergen mussten?"

Aurelia überlegte einen Moment und spürte,

wie die Teile des Puzzles langsam zusammenkamen.

Sie suchten den Raum weiter ab, durchstöberten alte Manuskripte und Papiere, als Leonard schließlich auf eine vergilbte Zeichnung stieß. Es war eine weitere Version des Gemäldes *Frau am Teich*, aber diese hier zeigte etwas anderes. Im Hintergrund des Bildes war ein Mann zu sehen, der im Schatten stand, sein Gesicht kaum zu erkennen – eine unheilvolle Präsenz, die das friedliche Bild störte.

„Wer ist das?" fragte Aurelia, ihre Augen fixiert auf die Figur. „Er war nicht auf den Originalgemälden."

Leonard runzelte die Stirn. „Vielleicht war er eine Bedrohung für ihre Beziehung. Oder er war der Grund, warum das Gemälde versteckt wurde."

Die Entdeckung der Briefe und der Zeichnung brachte sie einen Schritt weiter, doch es gab noch so viel mehr zu verstehen. Sie hatten die Fäden gefunden, doch sie mussten nun herausfinden, wie sie zusammengehörten. Samuel Carroway und Lady Elizabeth Sinclair.

„Wir müssen Vivienne Sinclair aufsuchen", sagte Aurelia entschlossen. „Sie muss mehr über die Geschichte ihrer Familie wissen."

„Das denke ich auch", antwortete Leonard, während er den Raum durchquerte und die

Notizen sammelte. „Und vielleicht kennt sie auch den Mann, der im Schatten steht. Wer immer er ist, er könnte der Schlüssel sein, um das Rätsel endgültig zu lösen."

An diesem Abend, als die Dunkelheit die Cotswolds mit einem samtigen Schleier umhüllte, stiegen Aurelia und Leonard wieder in das Auto und fuhren zurück nach London. Die Erschöpfung der vergangenen Stunden hing wie eine unsichtbare Last über ihnen, aber ebenso eine Spannung, die mit jedem Atemzug intensiver wurde. Aurelia hatte das Gefühl, dass sie die ersten entscheidenden Puzzleteile gefunden hatten, doch es gab noch so viel mehr zu entdecken. Dennoch, für diesen Moment wollte sie die Sorgen und Fragen loslassen.

Als sie die Lichter der Londoner Skyline wieder erblickten, sprach Leonard plötzlich: „Ich denke, wir sollten diesen Abend mit etwas Besonderem ausklingen lassen. Wie wäre es, wenn wir uns etwas Gutes gönnen? Ich kenne ein kleines, elegantes Restaurant nicht weit von hier. Es ist ruhig und hat eine fantastische Küche."

Aurelia sah zu ihm hinüber und lächelte. „Das klingt … schön. Ich denke, wir könnten beide eine Pause gebrauchen."

Leonard erwiderte ihr Lächeln, und sie

fuhren weiter, bis sie das „La Lumière d'Or"
erreichten, ein gehobenes französisches
Restaurant, dessen Fassade in einem warmen,
goldenen Licht erstrahlte. Schon beim
Eintreten bemerkte Aurelia, wie sich die
Atmosphäre um sie herum veränderte – sanfte
Jazzmusik erfüllte den Raum, und das elegante
Ambiente hüllte sie sofort in eine beruhigende,
fast magische Stimmung. Die Tische waren mit
weißen Tischdecken bedeckt, auf denen
cremefarbene Kerzen in Silberhaltern
leuchteten. „La Lumière ... wie mein
Lieblingslokal in Berlin", lächelte Aurelia.

„Ihr Tisch wartet auf Sie, Mr. Falkenstein",
sagte der Oberkellner mit einer leichten
Verbeugung und führte sie zu einem Platz in
der Ecke, der von schweren, samtigen
Vorhängen teilweise abgeschirmt wurde. Es
war ein intimer, privater Platz – perfekt für
den Abend, den Leonard geplant hatte.

Sie setzten sich, und Aurelia konnte die
Spannung in der Luft spüren. Es war nicht nur
die Atmosphäre des Restaurants, sondern auch
die unausgesprochenen Gedanken zwischen
ihnen. Seit sie sich kennengelernt hatten, war
da immer diese besondere Verbindung
gewesen, doch erst jetzt schien sie sich auf eine
neue, tiefere Ebene zu bewegen.

Als der Kellner ihnen die Menükarte reichte,
las Aurelia die exquisiten Gerichte, die ihr das

Wasser im Mund zusammenlaufen ließen. Leonard sah sie an und lächelte.

„Was darf es sein?" fragte er.

„Ich denke, ich lasse mich überraschen", antwortete sie.

Leonard nickte dem Kellner zu, der diskret verschwand und wenig später mit einem köstlichen Amuse-Bouche zurückkehrte – zarte Jakobsmuscheln, in einer feinen Trüffelbutter sautiert, auf einem Bett von Blumenkohlpüree und gerösteten Pinienkernen. Der Geschmack war raffiniert und doch leicht, die perfekte Einstimmung auf das, was noch kommen sollte.

„Ich hoffe, es ist nach deinem Geschmack", sagte Leonard, während er Aurelia beobachtete, die genüsslich einen Bissen nahm.

„Es ist perfekt", murmelte sie, bevor sie sich zurücklehnte und die Atmosphäre des Restaurants in sich aufnahm.

Als Vorspeise folgte ein Teller mit zartem Enten-Rillette, serviert auf geröstetem Brioche, begleitet von karamellisierten Feigen und einem Hauch von Gänseleberpâté. Die Kombination war dekadent und doch ausgewogen – die Süße der Feigen harmonierte perfekt mit der intensiven Würze der Ente.

Während des Essens tauschten sie sanfte Blicke aus, und es schien, als ob die Gespräche über das Gemälde und die Geheimnisse der vergangenen Stunden in den Hintergrund traten. Für diesen Moment gab es nur sie beide, die sanfte Musik und die warmen Kerzenlichter, die ihre Gesichter umspielten.

Der Hauptgang war ebenso ein Fest für die Sinne: Ein zartes Filet Mignon, perfekt medium-rare gegrillt, begleitet von einer Rotweinjus, wildem Spargel und knusprigen Kartoffelgratin. Leonard wählte dazu einen erstklassigen französischen Bordeaux, dessen samtiger Geschmack die Aromen des Gerichts noch verstärkte.

Aurelia schloss die Augen, als sie den ersten Bissen nahm. „Das ist unglaublich", sagte sie leise, während sie den Geschmack auf ihrer Zunge zergehen ließ.

Leonard beobachtete sie einen Moment, bevor er sich leicht zu ihr hinüber lehnte. „Du hast dir das verdient, Aurelia. Alles, was du getan hast – für die Wahrheit, für deinen Onkel ... Ich habe noch nie jemanden mit so viel Entschlossenheit gesehen."

Aurelia öffnete die Augen und sah Leonard an. Da war etwas in seinem Blick, etwas Tiefes, das sich jenseits der Worte verbarg. Für einen Moment sagte keiner von ihnen etwas, doch die Spannung, die zwischen ihnen schwebte, sprach Bände.

Der Abend endete mit einem Dessert, das ebenso elegant war wie der Rest des Menüs:

eine luftige Mousse au Chocolat, mit einer Prise Fleur de Sel veredelt und begleitet von karamellisierten Orangenstückchen und einem Hauch von Grand Marnier. Doch während Aurelia den süßen Geschmack des Desserts genoss, war es die Nähe zu Leonard, die sie am meisten erfüllte.

Als sie das Restaurant verließen, blieb Leonard kurz stehen und sah zu ihr hinunter. „Wie wäre es, wenn wir in eine andere Suite ziehen? Eine, in der wir ... zusammen sein können?"

Aurelias Herz schlug schneller, doch sie wusste, dass dieser Moment unvermeidlich war. Es war kein plötzlicher Sprung ins Unbekannte, sondern eine langsame, stetige Annäherung. Sie nickte sanft, und Leonard nahm ihre Hand.

Zurück im Hotel führte er sie zu einer größeren Suite, deren Ambiente ebenso luxuriös war wie das des Restaurants. Die Suiten im „The Kensington Grand" waren elegant eingerichtet, mit schweren, seidigen Vorhängen, einem großzügigen Wohnzimmer und einem riesigen Bett, das sie beide beinahe verschluckte.

Leonard trat hinter sie und legte sanft seine Hände auf ihre Schultern. „Bist du sicher?" flüsterte er, während seine Lippen ihre Haut berührten.

Aurelia drehte sich um und sah ihn an. Ihre Hände glitten über seine Brust, bevor sie sich auf die Zehenspitzen stellte und ihre Lippen sanft auf seine legte. „Ich bin sicher."

Ihre gemeinsame Nacht war ein zartes, langsames Spiel, das sich aus all den unausgesprochenen Emotionen und der aufgestauten Spannung der letzten Wochen entfaltete. Sie verbrachten die Nacht in der Wärme und Nähe des anderen, und für einige Stunden schien die Welt um sie herum zu verschwinden.

Als der Morgen dämmerte, lagen sie zusammen unter der seidigen Bettdecke, während die ersten Sonnenstrahlen durch die Fenster fielen. Es gab keine Worte, die nötig waren – nur das leise Rascheln der Laken und das rhythmische Atmen zweier Menschen, die in diesem Moment zusammengefunden hatten.

Die Wahrheit über das Gemälde, die Geheimnisse um Samuel Carroway und Lady Elizabeth Sinclair – all das lag nun in der Zukunft, bereit, entdeckt zu werden. Doch in dieser Nacht und am Morgen danach waren es nur sie beide, die zarte Verbindung, die sie endlich voll und ganz zuließen.

Kapitel 16:

Erneute Begegnung mit Vivienne

Der Himmel über London war grau, das gleichmäßige Rauschen der Räder auf dem regennassen Asphalt vermischte sich mit ihren stillen Gedanken. Sie hatten den Brief und die Skizze sorgfältig in einer Mappe verstaut, bereit, sie Vivienne Sinclair zu zeigen. Doch während der Himmel über ihnen trüb war, glühte in Aurelia ein Funke der Unruhe – nicht nur wegen der bevorstehenden Begegnung, sondern auch wegen der vergangenen Nacht.

Leonard und sie hatten in einer Suite übernachtet, das erste Mal in einem gemeinsamen Raum, die Intimität ihres neuen Verhältnisses noch frisch und unberührt von der Außenwelt. Der Duft seines Parfüms, die Wärme seines Körpers neben ihr im Bett, all das vermischte sich nun in ihren Gedanken mit der Komplexität der Situation, in der sie sich befanden.

Es fiel Aurelia nicht leicht, die Schwere des Abends, der ihnen noch bevorstand, mit den zarten Emotionen zu vereinbaren, die sich zwischen ihnen aufgebaut hatten. Sie konnte spüren, dass Leonard ähnliche Gefühle durchmachten, auch wenn er es nicht aussprach. Seine Lippen waren fest aufeinander gepresst, seine Hände fest am Lenkrad.

Während sie durch die belebten Straßen Londons fuhren, ließ Aurelia den Blick aus dem Fenster schweifen, doch ihre Gedanken kehrten immer wieder zur letzten Nacht zurück. Sie hatte sich ihm geöffnet, mehr als sie es sich jemals vorgestellt hätte. Die Art, wie er sie ansah, wie er sie berührte, hatte sie auf eine Weise ins Innerste getroffen, die sie nicht erwartet hatte. Und doch, hier waren sie nun, wieder auf dem Weg, sich einem neuen Geheimnis zu stellen. Sie fragte sich, ob sie beide bereit waren, sich nicht nur den Rätseln der Vergangenheit, sondern auch ihren eigenen, unausgesprochenen Gefühlen zu stellen.

Leonard fuhr schweigend, aber Aurelia konnte sehen, dass ihn etwas beschäftigte. Er war immer noch bei ihr, doch gleichzeitig schien sein Geist woanders zu sein – bei den Puzzleteilen, die sie am Vorabend im Herrenhaus gefunden hatten. Er hatte sie diese Nacht oft einfach nur schweigend angesehen, als ob er versuchte, sie ebenso zu verstehen wie das Rätsel, das sie gemeinsam lösen wollten.

Als sie schließlich in der Nähe des Sinclair-Anwesens ankamen, hielt er den Wagen an und drehte sich zu ihr um, seine Stirn leicht gerunzelt.

„Was, wenn Vivienne uns nicht alles erzählt hat?" fragte er plötzlich, seine Stimme nachdenklich, aber auch ernst.

Aurelia sah ihn an und zog leicht die Augenbrauen hoch. „Was meinst du?" Sie wusste, dass er auf etwas Bestimmtes hinaus wollte, doch sie konnte seine Gedanken noch nicht ganz greifen.

Leonard seufzte und deutete auf die Mappe, die zwischen ihnen auf dem Beifahrersitz lag. Darin befand sich die Skizze des mysteriösen Mannes, den Samuel Carroway im Hintergrund seines Gemäldes eingefügt hatte. „Vielleicht war dieser Mann der Grund, warum das Gemälde verschwinden musste", sagte er. „Aber warum sollte Vivienne uns das verschweigen?"

Aurelia biss sich auf die Unterlippe, als sie darüber nachdachte. „Es ist möglich", gab sie zu. „Sie ist schließlich die letzte Nachfahrin der Sinclairs, und es könnte Dinge geben, die ihre Familie versucht hat, geheim zu halten. Vielleicht hat sie Angst, dass die Wahrheit ans Licht kommt."

Leonard nickte, seine Augen schienen in die Ferne zu blicken. „Oder sie weiß, dass das, was wir finden, die Art und Weise verändern könnte, wie die Geschichte über ihre Familie erzählt wird." Er machte eine kurze Pause, dann fuhr er fort: „Wir werden es bald herausfinden."

Sie stiegen aus dem Wagen, und die Luft fühlte sich kühl und feucht an, als sie die breiten Stufen zum Sinclair-Anwesen hinaufgingen. Der Butler führte sie erneut durch die beeindruckenden Korridore des Hauses, vorbei an den düsteren Porträts längst vergangener Generationen der Sinclair-Familie. Jedes Bild schien sie stumm zu beobachten, als ob die Ahnen der Familie jeden ihrer Schritte verfolgten, wachsam und vielleicht auch beschützend.

Aurelia spürte, wie ihr Herzschlag schneller wurde, als sie sich dem Salon näherten. Dieses Treffen würde anders sein als das letzte. Sie wussten jetzt mehr, hatten Hinweise, die sie Vivienne zeigen mussten, und sie spürte, dass dies der Moment sein könnte, in dem alles zusammenkam.

Als sie den Salon betraten, stand Vivienne Sinclair am Kamin, ihre kühlen Augen auf die Flammen gerichtet. Es war fast so, als hätte sie ihre Ankunft bereits erwartet. Die feinen Linien um ihre Augen schienen sich zu vertiefen, als sie die beiden ansah, doch ihre Haltung blieb beherrscht und distanziert.

„Mr. Falkenstein, Ms. Sternberg", sagte sie in ihrem typischen, ruhigen Ton, der nicht viel von ihren wahren Gefühlen preisgab. „Sie waren also im Haus in den Cotswolds. Dieses entlegene Herrenhaus ... abgeschirmt von der Welt ... kaum jemand wusste davon. Dort hätten sie sich treffen können, Elizabeth und Samuel. Ohne den Druck der Familie oder der Gesellschaft ... aber das sind alles nur Vermutungen. Die Familie Sinclair hat immer viele Geheimnisse gehütet, und manche davon sind mit denjenigen gestorben, die sie kannten."

Vivienne Sinclair legte ihre Hand auf den Simms des Kamins, als ob sie Trost in der Berührung der Vergangenheit suchte. „Was ich durch Gerüchte in der Familie annehme, ist, dass dieses Haus für Elizabeth etwas Besonderes war. Es wurde in späteren Jahren nicht mehr genutzt, und mit der Zeit geriet es in Vergessenheit. Doch die Verbindung zu Samuel Carroway war immer da, verborgen in der Stille dieses Ortes."

Leonard nickte langsam. „Selbst wenn wir es nicht genau wissen, hat uns die Geschichte, die dahintersteckt, direkt zu diesem Ort geführt."

Vivienne lächelte schwach, ein Hauch von Trauer in ihren Augen. „Vielleicht. Manchmal müssen wir akzeptieren, dass einige Dinge immer nur Halbwahrheiten bleiben. Aber wenn ihr das Geheimnis von Elizabeth und Samuel ans Licht bringt, dann hoffe ich, dass ihr das tut, was meiner Familie verwehrt blieb: Frieden mit der Vergangenheit zu schließen." Sie ging zur Sitzgruppe und ließ sich in ein Fauteuil nieder, machte eine einladende Geste zu Leonard und Aurora, sich auf dem Sofa niederzulassen. Leonard legte dann die Mappe auf den kleinen Couchtisch. „Wir haben etwas in dem Herrenhaus gefunden, Lady Sinclair", sagte er, seine Stimme fest. „Etwas, das uns neue Fragen aufwirft."

Vivienne zog eine Augenbraue hoch und beugte sich vor, ihre Bewegungen waren kontrolliert, fast zu beherrscht, als ob sie sich absichtlich eine emotionale Distanz bewahren wollte. „Was genau haben Sie gefunden?" fragte sie.

Aurelia öffnete die Mappe und legte zuerst die Briefe von Samuel Carroway auf den Tisch. „Diese Briefe. Er war an Lady Elizabeth Sinclair gerichtet – Ihre Vorfahrin. Er spricht von ihrer geheimen Beziehung und davon, dass das Gemälde versteckt wurde, um ihre Verbindung zu schützen."

Vivienne nahm den Brief und las ihn mit einer ausdruckslosen Miene. „Interessant", sagte sie schließlich, doch ihre Augen zeigten keinen Funken von Überraschung. „Ich hatte natürlich vermutet, dass es eine engere

Verbindung zwischen ihnen gab, aber dies bestätigt es."

Leonard legte dann die Skizze auf den Tisch und zeigte auf den Mann im Hintergrund. „Und das hier", sagte er. „Wer ist dieser Mann? Er war nicht auf dem Originalgemälde. Warum hat Carroway ihn gezeichnet?"

Für einen Moment blitzte etwas in Viviennes Augen auf – war es Überraschung oder vielleicht Erkennen? Doch es verschwand so schnell, wie es gekommen war. Sie schwieg einen Moment zu lange, und Aurelia spürte, dass sie etwas verbergen wollte.

„Ich weiß nicht, wer dieser Mann ist", sagte Vivienne schließlich, doch ihre Stimme hatte einen Anflug von Unsicherheit. „Es könnte jemand aus dem Umfeld von Samuel Carroway sein."

Aurelia spürte, dass das nicht die ganze Wahrheit war. „Ich glaube nicht, dass das stimmt", sagte sie ruhig, aber entschlossen. „Sie wissen, wer dieser Mann ist, Lady Sinclair."

Vivienne atmete tief ein und stand auf. Langsam ging sie zum Fenster. Sie schien mit sich zu ringen, bevor sie sich schließlich umdrehte und sie ansah. „Sie sind hartnäckig, Ms. Sternberg", sagte sie, ihre Stimme klang ruhiger, aber auch schwerer. „Vielleicht sind Sie auch etwas unhöflich. Aber ich denke, es ist an der Zeit, dass Sie die ganze Geschichte erfahren."

Aurelia und Leonard wechselten einen angespannten Blick. Endlich schien es, als würde Vivienne bereit sein, ihnen die Wahrheit zu sagen.

Vivienne wandte sich ihnen wieder zu, ihre Haltung nun weniger steif, als hätte sie sich entschieden, ein schweres Geheimnis zu lüften. Ihre Schultern, die vorher von einer unsichtbaren Last gedrückt zu sein schienen, entspannten sich etwas, und ihre Gesichtszüge, bisher von distanziertem Stolz gezeichnet, zeigten nun einen Hauch von Wehmut.

„Der Mann auf dieser Skizze", begann sie leise, „war Lord Edward Sinclair, Elizabeths Bruder. Er war nicht nur ein Verwandter, sondern auch jemand, der sich stark in die Geschäfte der Familie eingemischt hat — besonders in die Kunstsammlung. Er war ein eifersüchtiger und kontrollierender Mann, der die Beziehung zwischen Elizabeth und Samuel Carroway nicht akzeptieren konnte."

Aurelia hielt den Atem an. „Er war derjenige, der die beiden zwang, das Gemälde verschwinden zu lassen, nicht wahr?" Ihre Stimme klang aufgeregt, als ob sie gerade einen entscheidenden Moment in einem Krimi durchlebte.

Vivienne nickte langsam. „Ja. Er konnte es

nicht ertragen, dass seine Schwester eine so enge Verbindung zu einem einfachen Künstler hatte. Für ihn war das ein Skandal, der die Ehre der Familie befleckte. Also zwang er sie, das Gemälde zu verstecken, und drohte damit, Carroway zu ruinieren, wenn sie sich ihm widersetzte." Sie machte eine kurze Pause, als ob sie sich sammelte, um weiterzureden. „Edward war kein einfacher Mann, und seine Kontrolle über Elizabeth war erdrückend. Sie hatte keine Wahl."

Leonard, der bis jetzt still zugehört hatte, schüttelte den Kopf, als ob er versuchte, diese neue Information zu verarbeiten. „Aber warum wurde das Gemälde nicht einfach zerstört?" fragte er schließlich.

Vivienne ließ ihren Blick auf den Brief in ihrer Hand ruhen, als ob sie darin Trost suchte. „Elizabeth konnte das wahrscheinlich irgendwie verhindern", erklärte sie mit einer Sanftheit in ihrer Stimme, die man von ihr nicht erwartet hätte. „Sie liebte Samuel, das steht außer Frage. Und dieses Gemälde war für sie ein Symbol dieser Liebe. Höchstwahrscheinlich versteckten Samuel und Elizabeth es, noch bevor Edward es in die Finger bekam. Sie hofften vielleicht, dass es eines Tages wiedergefunden würde. Doch Edward ließ nie locker. Er überwachte jeden Schritt, den Elizabeth und Carroway machten.

Carroway zeichnete ihn auf dieser Skizze als Schatten im Hintergrund – ein Zeichen dafür, dass Edward immer da war, immer eine Bedrohung."

Aurelia spürte, wie sich die letzten Puzzleteile langsam zusammenfügten. „Und als Edward starb ..."

„Als er starb, ging die Kontrolle verloren", fuhr Vivienne fort, ihre Stimme nun beinahe sanft. „Aber Elizabeth schwieg weiter. Niemand wusste mehr, wo das Gemälde versteckt war. Es verschwand in der Geschichte, bis Sie es jetzt gefunden haben."

Leonard fuhr sich mit der Hand durchs Haar, als ob er versuchte, die Schwere dieser Enthüllung zu verarbeiten. „Das heißt, das Gemälde ist mehr als nur ein Kunstwerk. Es ist ein Symbol für die verbotene Liebe zwischen Samuel und Elizabeth, und es musste versteckt werden, um diese Liebe zu schützen."

„Ja", bestätigte Vivienne, ihre Augen auf die Skizze gerichtet. „Und das ist der Grund, warum es so lange verschollen war."

Für einen Moment schien der Raum schwer von der Enthüllung, die so viele Jahre in den Schatten gehüllt geblieben war. Aurelia konnte kaum fassen, wie tief diese Geschichte reichte. Das Pendant *Frau am Teich* war nicht nur ein verlorenes Kunstwerk – es war ein Symbol für eine Liebe, die die Zeiten überdauert hatte, verborgen hinter den Schatten der Vergangenheit, unterdrückt von familiären Zwängen und gesellschaftlichen Erwartungen.

Nach einer Weile der Stille wagte Aurelia die Frage zu stellen, die unausweichlich im Raum schwebte. „Was wird jetzt geschehen?" fragte sie schließlich leise. „Das Gemälde ist noch immer im Herrenhaus. Was sollen wir damit tun?"

Vivienne sah sie lange an, als ob sie nach den richtigen Worten suchte. „Das Gemälde gehört der Geschichte meiner Familie, und es gehört der Kunst. Aber vielleicht ist es an der Zeit, dass die Welt die wahre Geschichte erfährt." Ihre Augen funkelten leicht, als sie sprach, und ihre Stimme war entschlossener, als Aurelia es erwartet hatte.

Leonard nickte zustimmend, seine Hände auf dem Tisch gefaltet. „Wir könnten es in meiner Galerie in Berlin ausstellen – als das, was es wirklich ist. Als zweiter Teil der Geschichte. Die beiden Pendants gehören zusammen. Sie erzählen die ganze Geschichte des Versteckspielens und die der Wahrheit, die schlussendlich ans Licht kam. Nicht nur als ein Werk von Samuel Carroway, sondern als Zeugnis dieser verbotenen Liebe, als Teil der Geschichte der Familie Sinclair und der Kunstgeschichte."

„Eine Ausstellung in Deutschland ... in Ihrer

renommierten Galerie ..." Vivienne murmelte die Worte nachdenklich. Ihre Miene verriet nichts, bis sie langsam nickte. „Ja, das wäre angemessen. Wenn ich es hier ausstellen lasse, dann werden Sie um Ihren immensen Beitrag zur Auffindung gebracht. Ich sehe es als wichtig, dass Sie und Ihre Galerie von Ihrer überaus diskreten Arbeit des Suchens auch einen gewissen Profit erhalten, zumindest, indem Ihre Galerie berühmt wird. Ich bin bereit, dieses Geheimnis mit der Welt zu teilen. Es ist Zeit, die Vergangenheit loszulassen. Wenn es dazu beiträgt, dass die Wahrheit ans Licht kommt, werde ich nach Deutschland reisen und bei der Ausstellung anwesend sein."

Aurelia spürte, wie sich eine Welle der Erleichterung in ihr ausbreitete. Es fühlte sich an, als hätten sie nicht nur die Vergangenheit gelüftet, sondern auch einen Schritt in die Zukunft gemacht. „Das wird der Welt zeigen, dass es in der Kunst nicht nur um Technik und Ästhetik geht, sondern auch um die Geschichten dahinter, um die Menschen und die Emotionen, die sie bewegt haben", fügte sie hinzu.

Vivienne trat an das Fenster. Ihr Blick war in die Ferne gerichtet, hinaus auf den grauen Himmel, aber Aurelia konnte erkennen, dass sie in Gedanken bei den Schatten der Vergangenheit war. „Die Wahrheit hat einen hohen Preis", murmelte sie, „aber vielleicht ist es endlich Zeit, ihn zu zahlen."

Leonard erhob sich ebenfalls, eine Mischung aus Dankbarkeit und Entschlossenheit auf seinem Gesicht. „Es wird eine Ausstellung sein, die die Menschen nicht vergessen werden."

Aurelia sah zu ihm hinüber, und ein kleiner, stolzer Funke blitzte in ihren Augen auf. Sie hatten es geschafft. Sie hatten nicht nur das Pendant zum Gemälde *Frau am Teich* gefunden, sondern auch die Geschichte dahinter – und nun würden sie diese Geschichte der Welt präsentieren.

Vivienne drehte sich zu ihnen um, ihre Haltung wieder ruhig und gefasst. „Ich werde die notwendigen Vorbereitungen treffen. Wir sehen uns in Berlin."

Aurelia und Leonard nickten beide und verabschiedeten sich respektvoll. Als sie das Anwesen verließen, fühlte sich die Luft leichter an, als ob ein unsichtbares Gewicht von ihnen genommen worden wäre. Doch sie wussten, dass die nächste Phase der Reise gerade erst begonnen hatte. Nun lag es an ihnen, die Geschichte von Samuel Carroway und Lady Elizabeth Sinclair der Welt zu zeigen – eine Geschichte, die so lange im Verborgenen lag, und nun endlich ans Licht kommen würde.

Kapitel 17:

Die Wahrheit ans Licht bringen

Die Tage nach ihrem letzten Treffen mit Vivienne Sinclair waren geprägt von intensiven Vorbereitungen. Aurelia und Leonard standen vor einer logistischen Herausforderung: Sie mussten das Gemälde *Frau am Teich* sicher von London nach Berlin bringen. Doch es ging nicht nur um den physischen Transport: Die Details, die sich auf versicherungstechnische Abwicklungen und die Verwaltung der Kunstwerke bezogen, die in einem solchen Rahmen bewegt wurden, waren komplex und sensibel.

Leonard war tief in die Planungen eingetaucht, und die beiden verbrachten ihre Zeit damit, mit Versicherungsgesellschaften, Speditionsfirmen und Kunstexperten zu verhandeln, um sicherzustellen, dass das Gemälde sicher und wohlbehalten ankommen würde.

„Jede mögliche Eventualität muss abgedeckt sein", so Leonard, als er im Hotelzimmer in sein Mobiltelefon sprach. „Es geht nicht nur um den finanziellen Wert des Gemäldes, sondern um seinen historischen und kulturellen Wert. Eine Standardversicherung für Kunstwerke reicht da nicht aus."

Aurelia saß am kleinen Schreibtisch, der in einer Fensternische der Suite stand und von wo aus sie auf Londons Dächer blicken konnte. Sie durchforstete Papiere und Dokumente, die sie von verschiedenen Versicherungen erhalten hatten. Die Details waren für sie fast unüberschaubar überwältigend, sie hatte noch nie mit Derartigem zu tun gehabt, jede Versicherung bot unterschiedliche Deckungen an, und es war offensichtlich, dass jede Kleinigkeit im Voraus geplant und berücksichtigt werden musste.

„Hast du die vielen Klauseln gelesen?" fragte Aurelia, während sie ein Blatt Papier zur Seite schob. „Sie sichern nur Schäden ab, die während des eigentlichen Transports entstehen. Aber was ist mit den Zeiten, in denen das Gemälde in Zwischenlagern oder während der Übergabe an die Speditionsfirma ist?"

Leonard setzte sich neben sie. „Das ist der Punkt. Ich werde eine Versicherung finden, die uns auch in diesen kritischen Momenten schützt. Es gibt so viele Möglichkeiten, wie ein Kunstwerk beschädigt werden kann – Feuchtigkeit, unsachgemäße Lagerung, sogar Temperaturschwankungen im Frachtraum eines Flugzeugs."

Aurelia seufzte und legte die Papiere beiseite. „Es ist unglaublich, wie viele Details man beachten muss. Aber ich bin froh, dass wir so gewissenhaft vorgehen. Dieses Gemälde ist nicht nur von unschätzbarem Wert – es trägt auch so viel Geschichte in sich. Es wäre ein Desaster, wenn etwas passieren würde."

Nach weiteren Telefonaten und stundenlangen Verhandlungen hatten Leonard und Aurelia schließlich die passende Versicherungsgesellschaft gefunden. Die Versicherung deckte alle Eventualitäten ab, von Transporten über Lagerung bis hin zu Schäden, die durch menschliches Versagen entstehen könnten. Darüber hinaus wurde eine spezielle Kunsttransportfirma beauftragt, die auf den sicheren Transport von empfindlichen und wertvollen Kunstwerken spezialisiert war.

Die Vorbereitungen zogen sich über mehrere Tage hin, doch als endlich alles geregelt war, konnte der eigentliche Transport beginnen.

Die Kunstspedition holte das Gemälde im Sinclair-Anwesen ab. Vivienne Sinclair selbst war bei der Übergabe anwesend, und ihre kühle Haltung verriet nichts von der emotionalen Bedeutung des Moments. Doch Aurelia konnte spüren, dass dieser Moment für Vivienne mehr war, als nur eine geschäftliche Übergabe.

„Passen Sie gut darauf auf", sagte Vivienne ruhig, während sie Leonard das letzte Dokument übergab. „Dieses Gemälde hat viel zu bedeuten – für meine Familie, aber auch für die Kunstwelt."

Leonard nickte und schüttelte ihre Hand. „Seien Sie unbesorgt, Lady Sinclair. Ich werde dafür sorgen, dass das Gemälde sicher in Berlin ankommt und gebührend ausgestellt wird."

Der Kunsttransport wurde von zwei speziell ausgebildeten Kurieren begleitet, die für den Schutz des Gemäldes während der gesamten Reise verantwortlich waren. Jeder Handgriff war präzise und professionell, von der Verpackung des Bildes in einem klimakontrollierten Container bis hin zur sorgfältigen Platzierung in einem gepanzerten Transportwagen.

Als alles verladen war und die Spediteure sich auf den Weg machten, spürte Aurelia einen Moment der Erleichterung. Der größte Teil der Verantwortung lag nun bei den Experten, und doch konnte sie die Nervosität nicht ganz abschütteln. Der Gedanke, dass etwas schiefgehen könnte, nagte an ihr, obwohl sie wusste, dass sie alles getan hatten, um das Gemälde zu schützen.

Am Morgen ihres eigenen Abflugs von

London nach Berlin standen Leonard und Aurelia früh auf. Es war ein kühler, grauer Tag, und die morgendlichen Straßen Londons wirkten belebt und dennoch ruhig, als ob die Stadt selbst auf den nahenden Winter vorbereitet war. Sie hatten beide in einem kleinen Hotel nahe des Flughafens übernachtet, um den frühen Flug zu erwischen und rechtzeitig in Berlin zu sein, bevor das Gemälde ankam.

„Bereit für Berlin?" fragte Leonard, als sie in das Taxi stiegen, das sie zum Flughafen bringen sollte.

Aurelia lächelte leicht, ihre Aufregung mischte sich mit einer gewissen Nervosität. „Ich denke schon. Es fühlt sich fast unglaublich an, dass wir dieses Abenteuer tatsächlich zu Ende bringen konnten. Vor wenigen Wochen hatte ich keine Ahnung, dass ich mich auf eine solche Reise begeben würde."

Leonard legte eine Hand auf ihre, als das Taxi durch die Londoner Straßen fuhr. „Ich bin froh, dass du diese Reise mit mir gemacht hast. Wir haben nicht nur ein verlorenes Kunstwerk gefunden, sondern auch eine verlorene Geschichte wiederentdeckt."

Aurelia nickte, ihre Gedanken schweiften kurz zurück zu all den Herausforderungen, denen sie sich gestellt hatten – von den ersten Hinweisen in Onkel Olivers Mappe bis hin zur

Entdeckung des Pendant-Gemäldes im verlassenen Herrenhaus. Es war eine Reise voller Überraschungen, Enthüllungen und intensiver Emotionen gewesen. Und inmitten dieser Wirren hatte sich auch ihre Beziehung zu Leonard vertieft.

Am Flughafen Heathrow angekommen, warteten sie in der VIP-Lounge, während die letzten Vorbereitungen für ihren Flug getroffen wurden. Das Gemälde war bereits mit einer separaten Frachtmaschine unterwegs, und sie würden es in Berlin in Empfang nehmen. Es war ein merkwürdiges Gefühl, dem Kunstwerk so nahe zu sein und es doch aus den Händen geben zu müssen – auch wenn nur vorübergehend.

„Alles läuft nach Plan", sagte Leonard und setzte sich neben Aurelia, als sie in der Lounge auf ihren Flug warteten. „In Berlin wird alles vorbereitet sein, wenn wir ankommen. Die Galerie ist bereit, das Gemälde zu empfangen, und die Presse hat bereits großes Interesse an der Enthüllung gezeigt."

„Es wird ein großer Moment", antwortete Aurelia, und sie konnte die Aufregung in ihrer eigenen Stimme hören. „Nicht nur für die Kunstwelt, sondern auch für uns."

Als ihr Flug schließlich aufgerufen wurde, stiegen sie an Bord und ließen sich auf ihren Plätzen nieder. Es war ein ruhiger Flug, und die Aussicht, nach all den Strapazen bald in Berlin zu sein, gab Aurelia ein Gefühl der Erleichterung. Sie lehnte sich zurück und warf einen Blick aus dem Fenster, als das Flugzeug abhob und die vertraute Londoner Skyline hinter ihnen zurückblieb.

Während sie in die Wolken stiegen, wusste sie, dass sie in Berlin nicht nur die Enthüllung des Gemäldes erwartete, sondern auch ein neuer Abschnitt ihres Lebens.

Die Vorbereitungen für die Ausstellung des Gemäldes *Frau am Teich* mit seinem nun endlich aufgetauchen Pendant liefen auf Hochtouren in Leonards Galerie. Es herrschte geschäftige Aufregung, und die Bedeutung dieses Ereignisses konnte man in jedem Winkel der Galerie spüren. Die Ankündigung, dass die wahre Geschichte hinter den Gemälden und die verborgene Liebesbeziehung zwischen Samuel Carroway und Lady Elizabeth Sinclair enthüllt werden würden, hatte großes Aufsehen erregt. Sammler, Kunstkritiker und Journalisten aus ganz Europa und darüber hinaus reisten an, um an diesem einmaligen Ereignis teilzunehmen.

Aurelia stand neben Leonard und beobachtete die letzten Vorbereitungen. Ihre Augen ruhten auf dem Gemälde, das sie im Herrenhaus der Cotswolds entdeckt hatten und das nun neben dem hing, auf dem Lady Elizabeths Gesicht nicht zu erkennen war. Es war, als ob das Gemälde selbst auf diesen Moment gewartet hatte. Die Farben schienen lebendiger als je zuvor, und jedes Detail des Bildes, das sie nun so gut kannte, sprach von einer Geschichte, die Generationen lang im Verborgenen gelegen hatte.

„Es ist wirklich beeindruckend", sagte Leonard und ließ seinen Blick über die Gemälde schweifen. Seine Stimme war ruhig, aber bestimmt. „Diese Bilder erzählen mehr als eine Geschichte. Sie sind nicht nur Kunst, sie sind Beweise für eine Vergangenheit, die im Verborgenen lag."

Aurelia nickte, ihre Augen auf die beiden Werke gerichtet. „Es geht um mehr als die Liebe von zwei Menschen. Diese Bilder stehen für Geheimnisse, Entscheidungen und die Konsequenzen, die daraus resultieren. Die Welt wird endlich verstehen, was wirklich dahintersteckt."

Leonard schloss die Hände hinter dem Rücken und musterte die Werke mit der Gelassenheit eines erfahrenen Galeristen. „Wir haben etwas Einzigartiges ans Licht gebracht, Aurelia. Das hätte ich allein nicht geschafft."

Aurelia drehte sich leicht zu ihm, ein entschlossenes Lächeln auf ihren Lippen. „Es war eine Herausforderung, ja, aber genau das macht es so wertvoll. Jetzt sind die Gemälde nicht nur Teil der Vergangenheit – sie haben endlich ihre Geschichte zu Ende erzählt."

Leonard nickte. „Und das haben wir gemeinsam geschafft."

Am Abend der Ausstellungseröffnung füllte sich die Galerie mit einer beeindruckenden Menge. Die Atmosphäre war aufgeladen, eine Mischung aus Vorfreude und Spannung lag in der Luft. Die Gäste, darunter einige der angesehensten Kunstkritiker und Sammler, warteten gespannt auf die Enthüllung des Pendants und der Geschichte, die damit verbunden war. Alles war perfekt inszeniert – das Licht, die Dekoration, die subtile Eleganz der Galerie. Es war der Höhepunkt ihrer Arbeit und Hingabe.

Lady Vivienne Sinclair war aus London angereist, um an der Ausstellung teilzunehmen. Dies war der Moment, um die wahre Geschichte ihrer Vorfahren zu enthüllen. Sie bewegte sich mit einer Eleganz durch die Menge und wurde von allen mit Ehrfurcht begrüßt. Trotz der medialen Aufmerksamkeit, die nun auf ihrer Familie lastete, bewahrte sie ihre charakteristische Würde.

Kurz bevor das Gemälde enthüllt wurde, trat Leonard vor die Menge, um eine Rede zu halten. Die Gespräche verstummten, als er ein kleines Podium betrat, und die Aufmerksamkeit aller Gäste richtete sich auf ihn. Aurelia stand in der ersten Reihe und spürte den Stolz, den er ausstrahlte, als er vor der illustren Menge sprach.

„Meine Damen und Herren", begann Leonard mit ruhiger, fester Stimme, „es ist mir eine Ehre, Sie heute Abend in meiner Galerie zu dieser besonderen Ausstellung begrüßen zu dürfen. Das Gemälde, das Sie gleich sehen werden, ist nicht nur eines der bedeutendsten Werke von Samuel Carroway, sondern es erzählt auch eine Geschichte, die viele Generationen lang im Verborgenen lag."

Er machte eine kurze Pause, während die Spannung im Raum anstieg. Jeder hielt den Atem an, gespannt darauf, mehr zu erfahren.

„Dieses Gemälde, *Frau am Teich*, ist mehr als nur ein Kunstwerk. Es ist ein Symbol für eine verbotene Liebe – die Liebe zwischen Samuel Carroway und Lady Elizabeth Sinclair. Ihre Beziehung war geheim, und das Gemälde wurde versteckt, um ihre Liebe vor der Öffentlichkeit zu schützen. Heute Abend wird dieses Werk zum ersten Mal in seiner wahren Form präsentiert – als ein Zeugnis von Leidenschaft, Geheimnissen und der Macht der Kunst."

Mit einem Nicken trat Leonard zur Seite,

und der schwere, samtige Vorhang, der das zweite Gemälde, das Pendant verhüllte, wurde langsam zurückgezogen. Ein leises Raunen ging durch die Menge, als das Originalgemälde *Frau am Teich* in all seiner Pracht enthüllt wurde. Die tiefen Farben und die meisterhaften Details ergriffen die Zuschauer, und für einen Moment schien es, als würde die Zeit stillstehen.

Aurelia beobachtete, wie die Gäste nähertraten, um das Pendant zu bewundern und mit dem daneben hängenden, gutbekannten Bild zu vergleichen. Einige sprachen leise über die Enthüllung der verborgenen Geschichte, während andere einfach in Stille verharrten. Sie spürte die Emotionen, die im Raum schwebten – die Faszination und das Staunen, aber auch die tiefe Bewunderung für die Geschichte, die dieses Kunstwerk nun mit sich trug.

Nachdem die ersten Gäste die beiden Gemälde in Augenschein genommen hatten, zog sich Aurelia für einen Moment in einen der ruhigeren Räume der Galerie zurück. Die Intensität des Abends hatte sie überwältigt, und sie brauchte einen Moment für sich, um alles zu verarbeiten. Es war ein langer Weg gewesen, von der Entdeckung in Onkel Olivers Mappe bis zu diesem Moment der Enthüllung.

In der Stille des Raumes spürte sie, wie ihr

Handy in ihrer Tasche vibrierte. Sie zog es hervor und las die Nachricht auf dem Display. Es war eine E-Mail von der Galerie, an die sie vor ihrer Abreise nach London ihre Naturfotos geschickt hatte. Die Nachricht war kurz, aber voller positiver Nachrichten: Ihre Fotos hatten großes Interesse geweckt, und nationale und internationale Agenturen waren interessiert, ihre Arbeiten zu kaufen.

Ein Lächeln huschte über Aurelias Gesicht. Die Rückkehr zu ihrer Leidenschaft, der Naturfotografie, war der Karrieresprung, den sie sich erhofft hatte, nach all den Geheimnissen und Entdeckungen, die sie in den letzten Wochen erlebt hatte. Es war, als ob die Natur sie nun wieder rief, und sie wusste, dass sie bereit war, dieses Kapitel ihres Lebens fortzusetzen.

In diesem Moment trat Leonard zu ihr. Er lehnte sich an den Türrahmen und betrachtete sie mit einem sanften Lächeln. „Da bist du ja", sagte er leise. „Ich dachte, du wolltest dir einen Moment der Ruhe gönnen."

Aurelia sah ihn an und lächelte zurück. „Es war eine unglaubliche Reise, nicht wahr?"

Leonard trat näher und nickte. „Das war es. Ohne dich hätten wir die Wahrheit nie ans Licht gebracht." Seine Augen funkelten, als er ihr in die Augen sah.

Die beiden standen einen Moment schweigend nebeneinander, die Bedeutung ihrer Entdeckungen lag in der Luft. Sie hatten die Welt der Kunst verändert, indem sie nicht nur ein verlorenes Gemälde, sondern auch die tragische Geschichte einer verbotenen Liebe enthüllt hatten.

Aurelia erzählte ihm von dem Mail, das sie gerade erhalten hatte.

„Du hast so viel erreicht, Aurelia", sagte Leonard schließlich. „Die Kunstwelt wird sich an dich erinnern – nicht nur wegen dieser Ausstellung, sondern auch wegen deiner eigenen Werke."

„Wir haben das gemeinsam geschafft", sagte sie. „Und ich denke, das ist erst der Anfang."

Vivienne Sinclair stand alleine vor den Bildern, ihre erhabene Gestalt wirkte fast zerbrechlich im weichen Licht. Aurelia trat leise zu ihr und betrachtete ebenfalls das Pendant.

„Es ist wunderschön", flüsterte Vivienne schließlich. „Ich habe immer gewusst, dass dieses Gemälde, sollte es je auftauchen, eine tiefe Bedeutung hat. Es ist ein Teil meiner Familie, aber auch ein Teil der Geschichte."

Aurelia nickte. „Und jetzt kennt die Welt die wahre Geschichte."

Vivienne drehte sich zu ihr und lächelte,

eine Spur von Traurigkeit in ihren Augen. „Ja, das ist wahr. Und hoffentlich wird das auch Frieden in die Vergangenheit bringen."

Aurelia spürte ein tiefes Gefühl der Erfüllung. Sie hatten das Geheimnis um *Frau am Teich* gelüftet, die Wahrheit ans Licht gebracht und damit sowohl die Kunstwelt als auch die persönliche Geschichte von Vivienne Sinclair verändert.

Vivienne ließ ihren Blick durch den Raum schweifen, als ob sie die Vergangenheit direkt vor sich sehen könnte. „Um ehrlich zu sein", begann sie schließlich, „ich weiß ja vieles nicht mit Sicherheit. Es sind Vermutungen, Fragmente, die über die Jahre hinweg von Generation zu Generation weitergegeben wurden, beziehungsweise wohl eher weitergeflüstert wurden. In meiner Familie wurde immer gemunkelt, dass das Herrenhaus in den Cotswolds mehr war als nur ein mögliches Versteck für das Gemälde. Es war, so glaube ich, ganz sicherlich der geheime Treffpunkt von Elizabeth und Samuel. Ein Ort, an dem sie fernab von der Gesellschaft ihre verbotene Liebe ausleben konnten."

Der leise Klang der Gespräche und das Klingen der Gläser drangen nur schwach zu ihnen durch, als Vivienne mit gedämpfter Stimme sprach.

„Es ist faszinierend, wie die beiden Gemälde

sich ergänzen, nicht wahr?" sagte Vivienne leise, ihre Augen ruhten auf dem Pendant, auf dem Lady Elizabeth Sinclair endlich ihr wahres Gesicht zeigte.

Aurelia nickte. „Ja, es ist zauberhaft. Aber eine Frage bleibt: Warum gab es nie ein öffentliches Porträt von Elizabeth? Warum durfte kein einziges Bild von ihr in der Ahnengalerie aufgehängt werden?"

Vivienne schwieg einen Moment, als müsste sie ihre Gedanken sortieren. „Das ist eines der letzten Geheimnisse meiner Familie", begann sie. „Es gibt keine schriftlichen Beweise oder Aufzeichnungen für diese Gründe, außer eben Edwards strikte Anweisung in seinem Testament." Sie hielt inne, bevor sie fortfuhr. „Edward war ein strenger Mann, das ist klar, niemand zweifelt das an, das wusste jeder in der Familie. Nachdem ihm die Beziehung zwischen Elizabeth und Samuel Carroway bekannt wurde, war er entschlossen, das Andenken seiner Familie zu wahren, zumindest nach seinen eigenen Vorstellungen."

Aurelia horchte auf. „Und das bedeutet?"

Vivienne schaute sie an und setzte fort: „Edward verfügte also testamentarisch, dass kein öffentliches Porträt von Elizabeth je gezeigt werden dürfe. Ich glaube, er wollte verhindern, dass jemand erkennen könnte, wer die *Frau am Teich* wirklich war, falls das

Pendant jemals auftauchte. Er konnte nicht riskieren, dass der Name Sinclair in Verbindung mit diesem Gemälde und einer anrüchigen Liebe zwischen Elizabeth und Samuel gebracht wurde."

Aurelia war nach allem, was sie bisher über Elizabeths Bruder gehört hatte, nicht sonderlich erstaunt. „Aus Scham?"

Vivienne nickte leicht. „Vermutlich. Edward wollte die absolute Kontrolle über das Familienerbe behalten, und die Vorstellung, dass ein so bedeutendes Porträt Elizabeth in einer solchen intimen Rolle zeigt – als Geliebte eines Künstlers – war für ihn inakzeptabel. Er sah es als einen Fleck auf dem Namen Sinclair."

„Und das erklärt natürlich auch, warum das Pendant verschollen blieb", fügte Aurelia nachdenklich hinzu. „Wenn niemand wissen durfte, dass es Elizabeth zeigt, musste es verschwinden."

Vivienne nickte langsam. „Es ist nur eine Vermutung, aber es fügt sich zusammen, nicht wahr? Edward dachte vielleicht, dass er die Vergangenheit begraben könnte. Doch wie Sie sehen, Ms. Sternberg", sie lächelte, „die Wahrheit hat ihren Weg gefunden."

Aurelia erwiderte das Lächeln, bewegt von Viviennes Ehrlichkeit. „Ja, das hat sie."

„Danke, dass Sie uns vertraut haben", sagte Aurelia.

„Ich habe Ihnen zu danken, ohne Sie wäre die Geschichte nicht ans Licht gekommen", sagte Vivienne leise, bevor sie sich langsam vom Gemälde abwandte und den Raum verließ.

Aurelia blieb noch einen Moment länger stehen und betrachtete das zweite Bild. Die tiefen Farben, die zarten Pinselstriche, die geheimnisvolle *Frau am Teich* – all das trug nun den Glanz der enthüllten Wahrheit. Sie lächelte das wunderschöne Antlitz von Lady Elizabeth an, als wollte sie einen Gruß des Einverständnisses an diese bezaubernde Frau des 19. Jahrhunderts schicken.

Sie atmete tief ein, ließ die letzten Wochen Revue passieren und spürte, dass sie endlich den Abschluss gefunden hatte, nach dem sie gesucht hatte.

Kapitel 18:

Vermutungen und Erklärungen

Aurelia und Leonard saßen an einem der folgenden Vormittage in der Lumière-Lounge. Sie hatten gerade die Presseberichte über die Ausstellung des Pendants von „Frau am Teich" durchgeblättert und waren überglücklich über den Erfolg der Präsentation. Aber immer noch ließen ihnen die Gedanken über die mysteriösen Motive von Edward Sinclair, Elizabeths Bruder, keine Ruhe. Die Stimmung in der Lounge war entspannt und ruhig, nur gedämpfte Gespräche und das Klirren von Geschirr waren zu hören.

Aurelia lehnte sich zurück und nahm einen Schluck von ihrem Kaffee. „Ich verstehe einfach nicht, warum Edward so besessen davon war, diese Liebe zu unterbinden. Es ist, als ob es ihm um viel mehr ging als nur den Ruf der Familie."

Leonard nickte nachdenklich. „Ja, das sehe ich auch so. Es war nicht nur eine Frage der gesellschaftlichen Stellung. Da steckt mehr dahinter. Es gibt keine Aufzeichnungen, aber wir können Vermutungen anstellen. Es ist ja nicht ungewöhnlich, dass Macht und Geld in solchen Familien eine Rolle gespielt haben."

Aurelia warf einen Blick aus dem Fenster. „Du meinst, er wollte Elizabeth nicht aus Liebe beschützen, sondern vielleicht aus Kalkül?"

„Genau. Schau dir die Zeit an. Familien wie die Sinclairs mussten strategische Verbindungen eingehen, oft durch Heiraten. Vielleicht war es eine reine finanzielle Frage. Elizabeth sollte einen Adligen heiraten, der das Vermögen der Familie sicherte oder gar vergrößerte. Samuel Carroway, als Künstler, wäre ein Albtraum für Edward gewesen – aus wirtschaftlicher Sicht."

Aurelia dachte nach. „Das klingt plausibel. Aber es fühlt sich so kalt an. Ich meine, es muss doch noch etwas anderes gewesen sein. War Samuel vielleicht nicht nur finanziell ein Risiko? Könnte es etwas Politisches gewesen sein?"

„Möglich. Carroway könnte Sympathien für politische Bewegungen gehabt haben, die der Sinclair-Familie geschadet hätten. In diesen Zeiten waren Künstler oft Teil von revolutionären Kreisen oder zumindest mit radikalen Ideen vertraut. Wenn Edward befürchtete, dass seine Familie mit solchen Bewegungen in Verbindung gebracht werden könnte, hätte er alles dafür getan, Elizabeth von Samuel fernzuhalten. Die politische

Landschaft war kompliziert, besonders für Adelsfamilien wie die Sinclairs."

Aurelia nickte. „Ja, und Edward war ein Mann, der offensichtlich alles kontrollieren wollte – vor allem Elizabeth. Vielleicht war es auch einfach die patriarchale Macht, die er über sie ausüben wollte."

Leonard lächelte trocken. „Das klingt typisch für diese Zeit. Edward wollte wahrscheinlich die absolute Kontrolle über seine Familie. Elizabeth war ein Spielball in diesem Machtkampf, und die Vorstellung, dass sie jemanden wie Samuel liebte, war für ihn inakzeptabel. Ein Künstler – jemand, den er nicht kontrollieren konnte."

„Das würde erklären, warum er sogar testamentarisch verfügt hat, dass kein Porträt von Elizabeth öffentlich gezeigt werden durfte. Er wollte verhindern, dass irgendwann jemand das Pendant entdeckt und feststellt, dass sie die Frau am Teich ist."

„Absolut. Er wollte verhindern, dass diese Liebe ans Licht kommt – selbst nach seinem Tod. Das war wahrscheinlich seine letzte Machtdemonstration, auch wenn es keine schriftlichen Aufzeichnungen darüber gibt. Es ist mehr als wahrscheinlich, dass Edward alle Spuren dieser Beziehung auslöschen wollte, um die Familie nach außen hin reinzuwaschen."

Aurelia seufzte.„Wie tragisch. Elizabeth musste sich fügen, und Samuel ... er hat versucht, sie zu schützen, indem er das Gesicht auf dem einen Gemälde übermalt hat."

Leonard lehnte sich vor, seine Augen ernst. „Aber sie konnten die Wahrheit nicht für immer begraben. Jetzt, wo wir beide Gemälde haben und die Geschichte zusammenfügen können, erfährt die Welt endlich, was wirklich geschehen ist."

„Es ist fast, als ob wir ihre Geschichte nachträglich in die Freiheit entlassen. Das, was Edward verhindern wollte, passiert jetzt – weil er es nicht schaffen konnte, ihre Liebe komplett auszulöschen."

„Ironisch, nicht wahr? All seine Anstrengungen und doch bleibt die Wahrheit nicht verborgen. Was auch immer seine Gründe waren – finanzielle Interessen, politische Ängste oder seine patriarchale Kontrolle – sie haben nicht gesiegt."

Aurelia lächelte traurig. „Die Liebe hat gesiegt. Auch wenn es so lange gedauert hat."

Leonard blickte sie ernst an. „Vielleicht sind es genau diese Geschichten, die wir erzählen müssen – damit die Liebe, die im Verborgenen lag, endlich ihren Platz in der Welt findet."

Kapitel 19:

Etwas Neues

Die Morgenluft in Berlin war frisch und klar, als Aurelia und Mia in einem kleinen, charmanten Café saßen, dessen Holztische und Blumenarrangements eine gemütliche Atmosphäre verbreiteten. Die Ausstellung in der Galerie war ein überwältigender Erfolg gewesen. Das verschollene Pendant *Frau am Teich* hatte die Kunstwelt erobert, und die Enthüllung der tragischen Liebesgeschichte zwischen Samuel Carroway und Lady Elizabeth Sinclair war in aller Munde. Doch jetzt, nachdem die Welle des Erfolgs abgeklungen war, spürte Aurelia, dass sie sich in einer Übergangsphase befand. Es war, als ob ein Kapitel ihres Lebens zu Ende ging und sie auf der Schwelle zu einem neuen stand.

Sie schaute aus dem Fenster, beobachtete das bunte Treiben der Menschen auf den Straßen und spürte den Hauch des Neuanfangs in der Luft. Dennoch war da auch eine leise Unsicherheit, ein Hauch von Zweifel, wohin ihr Lebensweg sie als Nächstes führen würde. Mia, ihre treue Freundin, saß ihr gegenüber und rührte entspannt in ihrer Tasse.

„Es war eine unglaubliche Reise", sagte Mia und sah Aurelia mit einem breiten Lächeln an. „Ich meine, wer hätte gedacht, dass du ein verschollenes Kunstwerk finden und die Geschichte einer geheimen Liebe enthüllen würdest? Nicht schlecht für eine Naturfotografin!"

Aurelia lachte und zuckte mit den Schultern. „Ja, nicht schlecht", wiederholte sie und lehnte sich zurück. „Aber um ehrlich zu sein, bin ich froh, dass es vorbei ist. So aufregend es auch war, die Welt der Kunst und der verborgenen Geheimnisse ist nichts für mich. Ich habe genug von verschollenen Gemälden. Es hat mich auf eine Weise erschöpft, die ich nicht erwartet hatte. Ich fühle, dass ich zurück zu meinen Wurzeln muss."

„Du meinst, zurück zur Natur?" fragte Mia mit einem verständnisvollen Nicken, während sie in ihre Tasse schaute.

Aurelia sah zu ihrer Freundin und nickte langsam. „Ja, genau. In all dem Trubel habe ich gemerkt, wie sehr ich meine Kamera und die Natur vermisst habe. Die Stille, die Frische, das Spiel von Licht und Schatten zwischen den Bäumen, der Geruch von feuchter Erde nach dem Regen. Es gibt nichts Vergleichbares. Das ist es, was mich immer wieder auf den Boden bringt, wo ich wirklich hingehöre."

Mia stellte ihre Tasse ab und sah Aurelia mit einem warmen Lächeln an. „Das ist die Aurelia, die ich kenne und liebe. Du hast schon immer dieses besondere Gespür für die Schönheit der Natur gehabt. Die Art, wie du das Licht einfängst, wie du die Welt siehst – das bist du, und das ist deine Kunst. Die Naturfotografie, das ist dein Weg."

Aurelia lächelte und nahm einen tiefen Atemzug. „Es fühlt sich richtig an, darüber nachzudenken, meine Naturfotografie absolut in den Vordergrund zu stellen. Es ist lange her, dass ich mich so sehr über meine eigene Arbeit gefreut habe."

„Hast du schon Pläne?" fragte Mia neugierig.

Aurelia nickte, ihre Augen strahlten. „Einige Galerien hier in Deutschland haben Interesse bekundet, meine Fotos auszustellen. Es gibt auch internationale Anfragen. Auch von Agenturen, die meine Fotos kaufen möchten."

„Fantastisch!" Mia war ganz offensichtlich sehr glücklich über diese Entwicklung in Aurelias Arbeit. „Stell dir vor, deine eigenen Arbeiten in Galerien auf der ganzen Welt zu sehen. Das ist doch genau das, wovon du immer geträumt hast!"

Aurelia lachte. „Na ja … Aber weißt du, was mir am wichtigsten ist? Es geht mir nicht um den Ruhm oder die Anerkennung. Es geht darum, draußen zu sein, die Schönheit der

Welt durch meine Linse einzufangen und diese Momente zu bewahren. In der Natur finde ich immer zu mir selbst zurück. Egal, wie turbulent das Leben wird, die Natur ist mein Rückzugsort."

Mia lehnte sich entspannt zurück und betrachtete Aurelia einen Moment schweigend. „Du bist wirklich jemand, der mit beiden Füßen auf dem Boden steht", sagte sie schließlich. „Das bewundere ich an dir. Du könntest den ganzen Trubel um die Ausstellung ausnutzen, um groß rauszukommen, aber stattdessen willst du einfach nur das tun, was du liebst. Das ist wahre Leidenschaft."

Aurelia fühlte eine warme Welle der Zuneigung zu ihrer langjährigen Freundin. „Du hast mich immer bestärkt, egal, wie verrückt die Dinge wurden. Ich bin wirklich froh, dich zu haben."

Mia winkte ab und lachte. „Ach, das weißt du doch. Wir sind ein Team, Aurelia. Und wenn du dein nächstes Abenteuer planst, sei es in der Wildnis oder in einer abgelegenen Galerie, du weißt, wo du mich findest."

Sie tranken schweigend ihren Kaffee, und Aurelia ließ ihre Gedanken schweifen. Die Jagd nach dem Pendant hatte ihr Leben auf den Kopf gestellt, aber jetzt spürte sie, dass sie bereit war, einen neuen Weg einzuschlagen, einen, der sie zu den Wurzeln ihrer Leidenschaft zurückführte. Es gab noch so viel zu entdecken, so viele Momente, die darauf warteten, von ihr eingefangen zu werden. Und sie wusste, dass sie diesen neuen Lebensweg mit Entschlossenheit und Hingabe beschreiten würde.

Mia hob ihre Tasse zum Toast. „Auf neue Abenteuer, auf die Natur und auf dich, Aurelia. Möge dein Weg immer von Licht durchflutet sein, und mögest du immer die schönsten Momente einfangen."

Aurelia hob ebenfalls ihre Tasse. „Auf uns. Und auf das, was noch kommt."

Ein paar Tage später saß Aurelia in ihrem Studio, das Licht des späten Nachmittags strömte durch die großen Fenster und tauchte den Raum in einen warmen, goldenen Schein. Sie war vertieft in die Arbeit an ihrer Fotoausstellung, die sie in ihrem eigenen kleinen Atelier plante. Sie blätterte durch ihre Aufnahmen und überlegte, wie sie diese am besten präsentieren könnte. Die letzten Wochen hatten ihr deutlich gemacht, dass sie ihre wahre Leidenschaft – die Fotografie und die Natur – wieder in den Vordergrund rücken musste. Die Kunstwelt hatte zwar ihren Reiz, aber die Natur war es, die sie wirklich erfüllte und ihr Kraft gab.

Während sie durch die Bilder blätterte und ihre Gedanken noch bei der Ausstellung waren, summte ihr Handy auf dem Schreibtisch. Es war Mia.

„Und? Wie läuft's?" fragte Mia, ihre Stimme klang, wie immer, voller Energie und Optimismus.

„Gut", antwortete Aurelia und lehnte sich in ihrem Stuhl zurück. „Ich arbeite gerade an einem Konzept für eine Serie von Baum-Fotos, nur Baumkronen, sonst nichts. Es ist schön, wieder an meinen eigenen Projekten zu arbeiten. Es fühlt sich richtig an, weißt du?"

„Das freut mich so sehr für dich! Du hast wirklich so viel erreicht", sagte Mia und ihre Stimme war voller Stolz. „Aber vergiss nicht, auch mal eine Pause zu machen. Du musst nicht immer auf der Überholspur sein."

Aurelia seufzte leise und ließ ihren Blick über die Papiere und Ausdrucke auf ihrem Schreibtisch schweifen. „Du hast wahrscheinlich recht. Es fühlt sich zwar gut an, produktiv zu sein, aber ich merke, dass ich eine Auszeit brauchen könnte. Einfach mal durchatmen und loslassen."

Mia lachte am anderen Ende der Leitung. „Wie wäre es denn mit ein paar Wochen in den Bergen? Du weißt doch, dass ich ab und zu für ein verlängertes Wochenende in diese kleine Bergpension fahre, die ist so romantisch. Wir könnten hinfahren, wir zwei gemeinsam, ein Wochenende zusammen verbringen, dann muss ich wieder in die Boutique. Aber du kannst bleiben, raus in die Natur, frische Luft schnappen, wandern, spazieren, du könntest ein paar tolle Fotos machen, und davor könnten wir beide einfach mal eine kleine Auszeit genießen. So wie früher, als wir einfach spontan irgendwohin gefahren sind. Erinnerst du dich?"

Aurelia konnte nicht anders, als zu lächeln. Die spontane Abenteuerlust, die sie und Mia früher oft gepackt hatte, war etwas, das sie in den letzten Jahren vermisst hatte. „Das klingt eigentlich perfekt. Ich habe schon lange nicht mehr einfach so losgelassen und die Welt auf mich wirken lassen."

„Na also!" rief Mia, ihre Freude war durch das Telefon spürbar. „Ich kümmere mich um alles – du brauchst nur deine Kamera und gute Laune mitzubringen. Es wird genau das, was du brauchst."

Aurelia spürte, wie die Vorstellung einer Auszeit in den Bergen sie erleichterte. „Abgemacht", sagte sie. „Ein paar Tage wie früher – nur du, ich und die Natur. Und schließlich habe ich ja die kleine Erbschaft von Onkel Oliver, da kann ich mir zwei Wochen in einer schönen Pension schon leisten."

Es herrschte eine angenehme Stille am

anderen Ende der Leitung, bis Mia, wie sie es oft tat, das Thema wechselte – diesmal in eine Richtung, die Aurelia schon vorher geahnt hatte.

„Und Leonard?" fragte Mia vorsichtig. „Was ist mit ihm? Ich meine, ihr habt eine Menge durchgemacht, und es schien sich was zu entwickeln. Aber du hast ihn jetzt gar nicht erwähnt."

Aurelia zögerte, fuhr sich mit den Fingern durch das Haar und stand auf, um zum Fenster zu gehen. Draußen war die Welt friedlich, doch in ihrem Inneren herrschte ein leichtes Durcheinander. Leonard. Natürlich war er in ihren Gedanken, jeden Tag ein bisschen mehr. Aber nach all dem, was in den letzten Wochen geschehen war – die Aufregung, das Abenteuer, die intensive Zusammenarbeit – wusste sie, dass sie sich Zeit nehmen musste, um wirklich herauszufinden, was sie für ihn empfand.

„Ich weiß nicht, Mia", sagte sie schließlich ehrlich. „Leonard ist … wundervoll. Er ist charmant, intelligent und wir haben so viel gemeinsam erlebt. Aber ich habe das Gefühl, ich brauche ein bisschen Abstand, um wirklich zu verstehen, was ich will. Ich möchte mich nicht in etwas hineinstürzen, nur weil alles aufregend war und er so erfolgreich ist."

Mia schnaubte leise. „Das klingt vernünftig.

Es ist leicht, sich von der Aufregung mitreißen zu lassen, aber du bist viel zu klug, um dich davon blenden zu lassen. Was denkst du, was du wirklich für ihn empfindest?"

Aurelia lehnte ihre Stirn gegen die kühle Fensterscheibe und dachte nach. Sie mochte Leonard. Nein, sie mochte ihn nicht nur, sie fühlte sich tief zu ihm hingezogen. Aber war das echte, beständige Verbundenheit? Oder war es einfach die Intensität ihrer gemeinsamen Erlebnisse, die sie so nahegebracht hatte?

„Ich mag ihn wirklich, Mia", gestand Aurelia. „Also, es ist mehr als nur Mögen ... aber gleichzeitig habe ich Angst, dass ich mich in etwas hineinziehen lasse, ohne zu wissen, ob es das Richtige ist. Die letzten Wochen waren so intensiv, und ich will nicht, dass das der Grund ist, warum ich mich für ihn entscheide. Ich möchte sicher sein, dass es nicht nur der Rausch der Aufregung ist, der uns zusammengebracht hat."

Mia schwieg einen Moment, bevor sie leise sagte: „Das ist eine sehr gesunde Art, das zu betrachten, Aurelia. Du hast recht – Beziehungen, die in so einem schnellen Tempo beginnen, können verwirrend sein. Aber vielleicht hilft dir diese Auszeit, klarer zu sehen."

Aurelia nickte, auch wenn Mia das nicht

sehen konnte. „Ja, das denke ich auch. Ich will diese Zeit nutzen, um wieder zu mir selbst zu finden, und dann kann ich besser herausfinden, ob Leonard wirklich ein Teil meines Lebens sein sollte."

Mia lachte. „So wie ich dich kenne, wirst du nach den Tagen in den Bergen eine klare Antwort haben. Die Natur hat immer geholfen, dir den Kopf freizumachen."

Aurelia schmunzelte. „Ja, das hoffe ich auch. Manchmal bringt einen die Stille und Einfachheit der Natur auf genau den richtigen Weg."

„Und wenn du es herausgefunden hast, werde ich hier sein, um alles zu hören", versprach Mia. „Und wer weiß? Vielleicht bist du dann auch bereit, Leonard besser zu verstehen – abseits von all dem Trubel und den Geheimnissen."

„Danke, Mia", sagte Aurelia sanft. „Du hast mir sehr geholfen, wie immer."

Mia klang zufrieden. „Was sind beste Freundinnen sonst da? Also, wir sehen uns am Wochenende. Pack deine Kamera ein, vergiss deine Zweifel und komm mit einem offenen Herzen."

Aurelia legte auf und setzte sich wieder an ihren Schreibtisch, fühlte sich ein wenig leichter. Ja, das Wochenende in den Bergen würde die Klarheit bringen, die sie brauchte –

nicht nur in Bezug auf ihre Karriere, sondern auch auf Leonard.

Der Abend war in warmes, goldenes Licht getaucht, als Aurelia sich auf den Weg zu Leonard machte. Sie hatte ihn am Vormittag angerufen und ihm erzählt, dass sie ein paar Tage mit Mia in die Berge fahren würde, um etwas Abstand zu gewinnen und Zeit für sich selbst zu haben. Leonard hatte das verstanden, aber sie wusste, dass es ihm nicht leichtfallen würde, sie für eine Weile gehen zu lassen.

Als sie vor seiner Wohnungstür stand, atmete sie tief ein. Ihr Herz schlug etwas schneller, während sie sich darauf vorbereitete, die kommenden Stunden mit ihm zu verbringen. Sie klopfte sanft, und es dauerte nur einen Moment, bis Leonard die Tür öffnete. Er begrüßte sie mit einem warmen Lächeln, das dennoch einen Hauch von Melancholie in sich trug.

„Komm rein", sagte er und trat zur Seite, um ihr Platz zu machen. Seine Wohnung war in gedämpftes Licht gehüllt, und auf dem Esstisch stand bereits eine Flasche Wein, daneben zwei Gläser.

„Es sieht wunderschön aus", sagte Aurelia leise, als sie den Raum betrat und sich umsah. Der Duft von frisch gekochtem Essen lag in der Luft, und sie konnte erkennen, dass Leonard sich Mühe gegeben hatte, den Abend besonders zu gestalten.

„Ich wollte, dass wir noch einen schönen Abend zusammen haben, bevor du wegfährst", sagte Leonard und trat hinter sie, legte sanft seine Hände auf ihre Schultern und drückte sie leicht. „Auch wenn es nur ein paar Tage sind, werde ich dich vermissen."

Aurelia spürte die Zuneigung in seiner Stimme und drehte sich zu ihm um. Sie sah ihm in die Augen und lächelte leicht. „Ich werde dich auch vermissen, Leonard. Aber ich brauche diese Zeit, um über einige Dinge nachzudenken. Über uns."

Leonard nickte langsam. „Ich verstehe. Ich will auch, dass du sicher bist. In allem, was wir sind und was wir vielleicht werden könnten."

Sie gingen gemeinsam zum Tisch und setzten sich, während Leonard das Essen servierte. Es war ein leichtes italienisches Menü – hausgemachte Pasta mit frischen Kräutern, dazu ein Salat mit Ziegenkäse und karamellisierten Nüssen. Der Wein war perfekt temperiert, und die sanfte Musik im Hintergrund verlieh dem Abend eine fast magische Atmosphäre.

Während des Essens sprachen sie über die Ereignisse der letzten Wochen – über die Gemälde von Carroway, über Lady Elizabeth, über die Ausstellung des gefundenen Pendants und die Aufregungen, die Aurelias Leben völlig auf den Kopf gestellt hatten. Es war ein Gespräch, das zugleich vertraut und doch tiefgründig war. Sie lachten über kleine Missgeschicke, erinnerten sich an die Momente, in denen sie das Gemälde entdeckten, und genossen die Gesellschaft des anderen.

Doch hinter den Worten lag eine spürbare Spannung, eine gewisse Fragilität. Beide wussten, dass dies nicht nur ein gewöhnlicher Abend war – es war ein Abschied, wenn auch nur für ein paar Tage, aber dennoch bedeutungsvoll.

Als das Essen beendet war und sie die leeren Teller beiseite geschoben hatten, saßen sie noch lange beisammen, das leere Weinglas in der Hand. Leonard legte schließlich seine Hand auf ihre und sah sie lange an.

„Was auch immer du herausfindest, Aurelia", sagte er leise, „ich hoffe, du findest, was dich glücklich macht. Das ist alles, was ich will."

Aurelia fühlte einen Kloß in ihrem Hals, als sie ihm antwortete. „Ich will nur sicher sein, dass ich das Richtige tue. Für mich und für uns."

Er zog sie sanft zu sich heran, und für einen Moment war alles um sie herum vergessen. Die Welt draußen schien weit weg, und alles, was zählte, war der Moment, den sie miteinander teilten. Er küsste sie zärtlich, und in diesem Kuss lag die Vertrautheit der letzten Wochen, aber auch die Hoffnung auf das, was noch kommen könnte.

Es war eine stille, zärtliche Nacht, in der beide das Gewicht der Gefühle spürten, das zwischen ihnen lag. Die Worte, die sie nicht sagten, schwebten wie ein unsichtbares Band zwischen ihnen. Doch es war kein Abschied voller Zweifel, sondern ein Moment des Loslassens – in dem Wissen, dass die Zeit, die vor ihnen lag, Klarheit bringen würde.

Am nächsten Morgen, als die ersten Sonnenstrahlen durch das Fenster fielen, wachte Aurelia auf und fühlte Leonards Arm noch immer um sie gelegt. Sie wollte den Moment festhalten, die Wärme und Geborgenheit spüren, bevor sie gehen musste.

„Ich werde dich vermissen", sagte er leise, als er ihre Bewegungen spürte und die Augen öffnete.

Aurelia drehte sich zu ihm und lächelte. „Es sind nur ein paar Tage. Und ich werde dich auch vermissen. Aber wenn ich zurückkomme, werde ich wissen, was ich will."

Leonard nickte und zog sie noch einmal in eine Umarmung, bevor sie schließlich aufstand und sich für die Abreise vorbereitete. Die Verabschiedung war ruhig, aber voller unausgesprochener Emotionen. Aurelia wusste, dass sie Leonard mehr mochte, als sie sich eingestehen wollte. Doch sie musste für sich selbst herausfinden, was sie wirklich brauchte.

Wenig später traf sie Mia, die mit ihrer gewohnten Energie und Vorfreude auf das Wochenende in den Bergen auf sie wartete. Aurelia stieg ins Auto, das bereits gepackt war, und warf einen letzten Blick auf die Stadt hinter sich. Der frische Wind der Natur wartete auf sie – und vielleicht auch die Antworten, die sie suchte.

Kapitel 20:

Ein Abenteuer

Die Sonne strömte sanft durch die hohen Fenster von Aurelias kleinem Studio, das sie in den letzten Monaten in eine intime Kunstgalerie verwandelt hatte. Die Luft war erfüllt von einer Mischung aus Aufregung und Gelassenheit, während sich die Räume allmählich mit Besuchern füllten. Aurelias neueste Naturfotografien zogen die Aufmerksamkeit der Gäste auf sich – Bilder von unberührten Wäldern, majestätischen Bergen und weiten Feldern, die das tiefe Gefühl von Ruhe und Verbundenheit mit der Natur einfingen, das sie stets begleitete.

An ihrer Seite stand Mia, wie immer eine verlässliche Stütze, die nicht nur ihre beste Freundin, sondern auch ihre größte Bewunderin war. Mia trug ein elegantes, aber dennoch verspieltes Outfit aus ihrer eigenen Boutique, und ihr Lächeln strahlte mit der Sonne um die Wette. Mit einem Glas Sekt in der Hand sah sie sich die Fotografien an, die Aurelia so sorgfältig ausgewählt und ausgestellt hatte.

„Aurelia, das hier ist einfach unglaublich",

sagte Mia mit aufrichtiger Begeisterung. „Ich meine, sieh dir das an – so viele Menschen bewundern deine Arbeiten. Du hast es wirklich geschafft!"

Aurelia lächelte und trank einen Schluck aus ihrem eigenen Glas. „Ja, es ist ein seltsames Gefühl. Ich habe so lange darauf hingearbeitet, und jetzt ist es endlich real."

Mia lehnte sich näher zu ihr und zwinkerte. „Aber sag mal, was kommt als Nächstes? Ich muss als deine beste Freundin immer auf dem Laufenden bleiben."

Aurelia schüttelte lachend den Kopf. „Um ehrlich zu sein, Mia, ich habe noch keine festen Pläne. Aber ich spüre, dass etwas auf mich zukommt. Vielleicht ein weiteres Abenteuer."

„Ein Abenteuer?" Mia zog die Augenbrauen hoch und sah sie neugierig an. „Bedeutet das Reisen? Oder ... vielleicht jemand Besonderes?"

Aurelia lachte leicht und hob die Schultern. „Wer weiß? Irgendwie habe ich das Gefühl, dass das Leben mir bald wieder etwas Unerwartetes bringen wird. Es liegt etwas in der Luft, aber ich kann noch nicht genau sagen, was es ist."

Mia grinste und hob ihr Glas. „Das klingt spannend. Und ich werde die Erste sein, die es erfährt, wenn es soweit ist, nicht wahr?"

„Natürlich", antwortete Aurelia mit einem leichten Lächeln, obwohl ihre Gedanken bereits abschweiften. Sie spürte diese Unruhe, die immer dann in ihr aufkam, wenn sich eine Veränderung abzeichnete.

„Und sag mal, was ist eigentlich mit Erik und dir?", fragte nun Aurelia ihre Freundin mit einem schelmischen Lächeln.

Mia lachte leise und spielte mit ihrem Sektglas. „Na ja, ich meine, wir haben bei der Ausstellung damals ziemlich viel miteinander geredet. Und weißt du, er ist wirklich interessant. Wir haben ein paar Gemeinsamkeiten – und ich glaube, er hatte auch viel Spaß daran, mit mir über Mode zu plaudern."

Aurelia setzte ein spitzbübisches Lächeln auf. „Erik und Mode? Das überrascht mich jetzt. Also ... was ist da gelaufen?"

Mia zog gespielt unschuldig die Schultern hoch. „Ach, wer weiß? Nichts Konkretes. Noch nicht jedenfalls." Sie zwinkerte. „Aber wir haben es immerhin schon geschafft, uns regelmäßig zu treffen."

Aurelia grinste und stützte sich mit dem Ellenbogen auf dem Tisch ab. „Mia, das klingt doch vielversprechend. Ist da mehr als nur ein kleines Plauschen über Mode?"

Mia lächelte breit. „Er ist wirklich nett, und ich denke mir, er ist jemand, der hinter der Arbeit in der Galerie und seiner Art viel Tiefe hat."

„Das würde mich freuen", sagte Aurelia, und ihre Augen funkelten. „Erik könnte gut zu dir passen. Außerdem schien er dich wirklich interessant zu finden – vielleicht sogar mehr als nur wegen deiner Boutique."

Mia grinste breit. „Na, das werden wir noch sehen. Aber was ist mit dir? Leonard und du – ihr seid jetzt auch auf einer ganz neuen Ebene, nicht wahr?"

Aurelia errötete leicht, dann lachte sie. „Vielleicht. Aber das ist eine andere Geschichte. Du und Erik – das könnte spannend werden."

Mia hob ihr Glas in die Luft und prostete Aurelia zu. „Na gut, auf uns. Und auf neue Abenteuer – was auch immer sie bringen mögen."

Aurelia stieß mit ihr an, beide lachten, und für einen Moment war die Zukunft voller Möglichkeiten – nicht nur für Aurelia, sondern auch für Mia. Und wer wusste schon, wohin diese Treffen zwischen Erik und Mia führen würde?

Während Aurelia die Gäste beobachtete, die sich durch ihr Studio bewegten, spürte sie plötzlich eine vertraute Präsenz hinter sich. Als sie sich umdrehte, blieb ihr kurz der Atem stehen. Das erlebte sie immer, wenn sie Leonard sah, er gefiel ihr einfach ungemein. Er stand lässig an der Wand, direkt zwischen zwei ihrer Fotografien, und lächelte sie an.

Aurelia konnte nicht anders, als ihn anzustrahlen. „Und? Was sagst du?"

„Es ist beeindruckend, Aurelia. Du hast deine eigene Welt geschaffen, und es ist wunderschön. Ich bin so stolz auf dich."

Seine Worte berührten sie mehr, als sie erwartet hatte. Nach all den Abenteuern, die sie zusammen erlebt hatten, fühlte sie eine tiefe Vertrautheit und Zuneigung, die sie nicht ignorieren konnte.

Eine Weile unterhielten sie sich über Aurelias Foto-Ausstellung und die neuesten Entwicklungen in Leonards Galerie. Doch Aurelia spürte, dass Leonard noch etwas anderes auf dem Herzen hatte. Sie konnte es in seiner Körpersprache erkennen, obwohl er versuchte, locker zu wirken.

Schließlich trat Leonard einen Schritt näher und blickte ihr in die Augen. „Aurelia, ich bin nicht nur hier, um deine Fotos zu sehen. Ich bin hier, weil ich dich etwas fragen wollte."

Aurelia hob eine Augenbraue und lächelte neugierig. „Oh? Was möchtest du mich fragen?"

Leonard zögerte einen Moment, dann sprach er weiter. „Ich habe ein neues Projekt in Paris, etwas Größeres. Ich werde einige Wochen dort verbringen, und es könnte wirklich spannend werden. Und ich habe mich gefragt, ob du Lust hättest, mich zu begleiten. Du magst es vielleicht nicht glauben, aber es geht um ein verschollenes Gemälde. Und wir zwei sind ja schließlich ein gutes Team."

„Paris?" Aurelia wiederholte das Wort leise, als ob sie es abwägen wollte.

„Ja", sagte Leonard mit einem warmen Lächeln. „Ich dachte, nach allem, was wir zusammen durchgemacht haben, könnten wir das nächste Kapitel vielleicht gemeinsam aufschlagen. Paris wäre perfekt – die Kunst, die Kultur … und wir beide."

Aurelia spürte, wie ihr Herz einen Moment schneller schlug. Die Idee, mit Leonard nach Paris zu gehen, war verlockend. Sie hatte gerade erst ihre eigene Ausstellung eröffnet und spürte dennoch diesen Drang, sich auf ein neues Abenteuer einzulassen. Paris – die Stadt der Lichter, der Kunst und der Romantik – konnte genau das sein, was sie brauchte, um wieder neuen Schwung in ihr Leben zu bringen.

Doch gleichzeitig wusste sie, dass sie sich nicht nur von der Aufregung mitreißen lassen wollte. Sie mochte Leonard sehr, aber sie wollte sicher sein, dass es nicht nur die Intensität der letzten Monate war, die sie zueinander geführt hatte.

„Paris klingt wundervoll", sagte Aurelia langsam, während sie ihre Worte abwog. „Aber ich muss nachdenken. Die letzten Wochen waren so intensiv, und ich möchte sicher sein, dass das, was wir haben, echt ist."

Leonard nickte. „Ich verstehe das, wirklich. Und ich will auch, dass du dir sicher bist. Aber ich glaube, Paris könnte genau der richtige Ort sein, um das herauszufinden."

Aurelia sah ihm in die Augen und spürte die Vertrautheit und Wärme, die sie immer wieder zu ihm zog. Paris. Ein neues Abenteuer. Mit Leonard an ihrer Seite. Es war verlockend, und vielleicht war es genau das, was sie brauchte, um herauszufinden, wohin ihr Weg sie wirklich führte.

Sie lächelte und nickte. „Okay, Leonard. Ich werde darüber nachdenken. Wer weiß? Vielleicht ist Paris wirklich der Ort, an dem wir das nächste Abenteuer beginnen."

Leonard nahm ihre Hand. „Das ist alles, was ich wollte. Lass uns einfach sehen, wohin es uns führt."

Und mit diesen Worten wusste Aurelia, dass sie bereit war – bereit für das, was auch immer als Nächstes kam, sei es in der Natur oder in der Kunstwelt, sei es mit Leonard oder allein.

Die Zukunft war offen, und sie war bereit, jeden Schritt des Weges zu gehen.

Epilog

Der Artikel im Kunstmagazin

Drei Monate nach der Ausstellung der beiden Gemälde *Frau am Teich* erschien ein Artikel in „The Art Connoisseur", einem der renommiertesten Kunstmagazine weltweit.

Politische Machenschaften enthüllt: Die wahre Geschichte hinter dem Gemälde von Samuel Carroway

Was als eine faszinierende Ausstellung in einer Berliner Galerie begann, hat nun die Kunstwelt erneut erschüttert. Die Enthüllung des lange verschollenen Pendants zu Samuel Carroways „Frau am Teich" hat nicht nur eine tragische Liebesgeschichte ans Licht gebracht, sondern auch weitreichende politische Intrigen aus dem 19. Jahrhundert offenbart.

Die jüngste Ausstellung in der renommierten Berliner Galerie von Leonard Falkenstein hat die Grundlage für neue historische Nachforschungen gelegt, die eine viel tiefere Bedeutung hinter der Geheimhaltung des zweiten Teils der beiden Gemälde aufdecken. Dank dieser Ausstellung und der Recherchen wird nun bestätigt, dass die Beziehung zwischen Samuel Carroway und Lady Elizabeth Sinclair nicht nur aus familiären Gründen unterdrückt wurde, sondern dass politische

Interessen eine bedeutende Rolle spielten.

Der kürzlich veröffentlichte Artikel des Historikers Dr. Andrew Morgan zeigt auf, dass die Sinclair-Familie eng mit hochrangigen politischen Kreisen im viktorianischen England verflochten war. Lord Edward Sinclair, der Bruder von Lady Elizabeth, spielte eine zentrale Rolle in politischen Verhandlungen mit Mitgliedern des britischen Parlaments und dem Adel. Eine Beziehung zwischen seiner Schwester und einem Künstler wie Carroway galt als politisches Risiko, das den Status der Familie und ihre Verbindungen zu den mächtigsten Kreisen Großbritanniens gefährdet hätte.

In der Ausstellung wurde das Pendant zum Originalgemälde Frau am Teich enthüllt, auf dem Lady Elizabeth den Betrachter direkt ansieht – ein Porträt, das über Generationen hinweg verborgen und auf einem der beiden Gemälde sogar übermalt wurde. Durch die Recherchen von Dr. Morgan wurde nun auch aufgedeckt, warum Edward Sinclair testamentarisch festgelegt hatte, dass kein Porträt von Elizabeth jemals öffentlich ausgestellt werden durfte. Dieser Schritt sollte verhindern, dass die Öffentlichkeit die Identität der Frau im Gemälde erkennt und damit die verbotene Beziehung zwischen Elizabeth und Carroway aufdeckt.

Dr. Morgan fügt in seinem Bericht hinzu: „Die Liebe zwischen Elizabeth und Carroway war nicht nur ein Familienskandal. Sie hätte ernsthafte diplomatische Konsequenzen nach sich gezogen, da sie das Netz politischer Allianzen und den Einfluss der Sinclair-Familie gefährdet hätte. Ihre Verbundenheit zu einem Künstler aus der unteren Gesellschaftsschicht widersprach nicht nur den Erwartungen der damaligen Aristokratie. Vor allem ging es um die Heiratspolitik der Familien aus dem Hochadel. Deren Heiratspolitik hatte die Macht der Sinclairs seit Jahrhunderten gefestigt, und so war die Gefahr eines öffentlichen Skandals enorm."

Mit dieser Enthüllung hat sich die Ausstellung in Leonard Falkensteins Galerie als wegweisend erwiesen. Sie hat nicht nur eine verborgene Liebesgeschichte zutage gefördert, sondern auch ein Stück politischer Geschichte offengelegt, das lange im Schatten lag.

„Es war nie mein Ziel, eine politische Verschwörung aufzudecken", sagte Leonard Falkenstein in einem Gespräch mit „The Art Connoisseur". „Aber ich freue mich, dass diese Ausstellung dazu beigetragen hat, dass ein Stück Geschichte ans Licht kommt, das bisher unbekannt war."

Aurelia Sternberg, eine erfolgreiche Berliner Fotografin, die gemeinsam mit Leonard Falkenstein an der Aufdeckung der Geschichte gearbeitet hat, fügte hinzu: „Ich hätte nie gedacht, dass Liebe so tief in das politische Geschehen der Vergangenheit eingreifen könnte. Es war eine faszinierende Reise, und ich bin froh, dass wir Teil dieser Entdeckung sein durften."

Die Welt der Kunst hat durch diese Enthüllung einen neuen Blick auf die Werke von Samuel Carroway erhalten. Die Ausstellung in Berlin war nicht nur ein kulturelles Highlight, sondern auch der Anstoß für ein neues Kapitel in der Geschichte der Machtstrukturen in den britischen Adelsfamilien. Dank dieser Nachforschungen wird die Öffentlichkeit die „Frau am Teich" nun mit völlig anderen Augen betrachten.